www.tredition.de

AF216838

Bel Para

# Märchen im Jetzt und Hier

Fabulierungen über Gott und die Welt

www.tredition.de

© 2018 Bel Para

Verlag und Druck: tredition GmbH, Hamburg

ISBN
Paperback:     978-3-7469-8076-8
Hardcover:     978-3-7469-8077-5
e-Book:         978-3-7469-8078-2

Bibliografische Information der Deutschen Nationalbibliothek:
Die Deutsche Nationalbibliothek verzeichnet diese Publikation in der Deutschen Nationalbibliografie; detaillierte bibliografische Daten sind im Internet über http://dnb.d-nb.de abrufbar.

# Vorwort

Liebe geneigte Leserschaft.
Oder muss ich schreiben Leserinnenschaft
oder Leserschäftin? Alles sehr verwirrend
heutzutage.

Wenn Ihr Symptome wie Alltagsunlust, Deng-
lisch-Müdigkeit und großes Stirnrunzeln über
Alles und Dieses und Jenes oder ähnliche Beschwerden habt, so empfiehlt es sich, die
Märchen in homöopathischen Dosen zu sich
zu nehmen. Vielleicht eines pro Tag.
Es ist hilfreich und in schweren Fällen besonders wirksam, sich eines vorlesen zu lassen.
Wenn die Symptome abgeklungen sind, dann
ist die Gabe von einem Märchen pro Woche
sinnvoll und sollte genügen.

### Nebenwirkungen:
Es kann zu Nachdenken führen. Eine Ände-
rung des Blickwinkels kann ab und an vorkommen. In sehr, sehr, sehr seltenen Fällen
kann es sogar zu Handlungen führen.

### Altersangaben:
Die Geschichten sind geeignet für alle Men-
schen im Alter von:
Elf 5/7 und Neunundneunzig 10/13 Jahren.

# Rezeptur für fabelhaftes Allerlei:

- Ein Paar offene Augen - diese keinesfalls schließen oder gar entfernen.
- Eine gute Portion Jetztzeit.
- Ein leicht humoriger Ansatz. Beim Ansetzen nicht zu lange stehen lassen, sonst wird er schal.
- Ein winziges Schlückchen Tiefsinn. Nicht zu viel nehmen, sonst sinkt das Tief ins Schwer ab.
- Zwei Körnchen Wahrheit.
  Behutsam dosieren, sonst wird's zu schnell hart.
- 7 Spritzer Utopie und 3 Sprutz Fiktion.
- Ein Hauch Surrealismus zum Abrunden- diesen nur ganz dezent hinhauchen.
- Für die Optik kann das Ganze noch mit einigen hübschen Wortv-Erd-Reh-Ungen garniert werden.

Lange einwirken lassen.

Fertig.


## Danksagung

Ich danke meiner neuen Freundin, der Inspira-
tion, für ihre vielen - vornehmlich nächtlichen -
Besuche, bei denen sie mir die Geschichten
vor Augen geführt hat.

# Register

# Es werde Licht

Es war einmal ein kleines flackerndes Licht. Einsam, allein flackerte es zitternd gegen die Dunkelheit an, die es umwaberte.

Tapfer leuchtete das Licht der Dunkelheit entgegen. Ein kleiner heller Fleck inmitten der Düsternis. Manchmal schimmerten die Sterne freundlich durch die Nacht und halfen dem Licht. So fühlte es sich nicht so allein. Die Sterne zwinkerten und blinkten und alles war gleich viel besser.

Aber weil das kleine Licht so allein war, setzte es eine Annonce auf. ‚Licht sucht Licht für gemeinsames Leuchten. Kleine Lichterkette bei Wohlgefallen möglich‘.

Und tatsächlich! Das Licht bekam mehrere Antworten. Und zwar von ...
- dem Wetterleuchten
- einer Leuchtfackel
- einem bunten Lampion
- einem 1000 Watt Strahler ..... und noch mehr.

Und eine Antwort gefiel ihm besonders: ‚Kerzenlicht sucht Feuer für gemeinsame romantische Entzündungen‘.

Und die beiden trafen sich.
Und die beiden entzündeten sich füreinander.
Und die beiden gerieten in Brand.

Und zu zweit trotzten sie der gewaltigen Dunkelheit.
Und bald wurden es 4. Und 16. Und 64. 256. 1024.
4096. Und so ging es immer weiter.

Bald war das Licht heller und heller. Und die Dunkelheit wich entsetzt zurück. Und zurück. Und immer mehr zurück. Bis es nicht mehr dunkel war. Die Dunkelheit hatte sich in die letzten Ritzen und Winkel und Höhlen zurückgezogen. Dort zitterte sie dunkel vor sich hin und ward ganz furchtsam und klein.

Die Sterne indes, die hatten sich auch zurückgezogen. Denn sie funkelten am liebsten in der schwärzesten Nacht.

Und das Licht nahm überhand und überflutete alles mit Helligkeit. Das hatte schon auch was Gutes. Die Diebe, die sich nachts gerne im Dunkeln bewegt hatten, wurden ins Licht gezerrt. Die Menschen konnten sich Tag und Nacht sicher bewegen.

Indes.

Die Nachttiere kamen ebenso durcheinander wie der Rhythmus. Äonen lang hatte es einen ‚Tag und Nacht‘ Zyklus gegeben. Mit Helligkeit und Dunkelheit. Mit Sonne und Mond. Manchmal war der Tag länger, manchmal die Nacht schwärzer.

Und nun, plötzlich, war alles anders.

Keine Dunkelheit mehr (außer in den allertiefsten Ritzen und Höhlen).

Und es ward Licht.

Überall. Und zu jeder Zeit.

Die Tag- und Nachtgleiche hieß fortan ‚Tag-Gleiche', denn ein Tag glich dem anderen.

Der Energieverbrauch stieg ins Unermessliche. Und die Natur fiel ins Bodenlose.

Die Sterne wandten sich erschüttert ab, der Mond verbarg sich ob der gleißenden Helligkeit und zog in den Sonnenschatten.

Fledermäuse, Uhus, Igel zogen in die Höhlen. Fuchs und Hase konnten sich nicht mehr gute Nacht wünschen und das Sandmännchen erzählte traurig seine ‚Guten Tag Geschichten' und streute den Menschen damit Sand in die Augen.

Die Rollo- und Fensterladenindustrie allerdings freute sich, denn sie boomte.

Nichts war mehr, wie es war.

Bis es eines schönen Tages Mutter Natur zu bunt – oder genau gesagt – zu hell wurde und sie der unermesslichen Lichtvermehrung ein Ende setzte.

Als Erstes führte sie die Lichterpille ein und verhütete somit weitere Lichtentfaltung.

Dann dimmte sie hier und da und dort das Licht.

Zögernd dämmerte es damit dem einen oder anderen ebenso.

Dann schaltete sie hier und da und dort das Licht aus.

Ebenfalls zögerlich und vorsichtig kroch die Dunkelheit hervor.

Und ein einsames Sternlein blinkte aus dem Himmel herab.

Und es dauerte eine geraume Zeit, bis die ganze Lichtverschmutzung bereinigt und alles wieder im Gleichgewicht war.

# Plastik goes wild.

Es begab sich aber – vor langer, langer Zeit – dass Männer mit weißen Kitteln und Bärten und Brillen in ein Labor gingen, um dort herum zu laborieren. Und wie sie da so ganz vertieft in ihr Tun waren, kam ein Stück Zufall zu ihnen hinein, direkt mitten in ihre Laboriererei und – wie aus einem Ei – schlüpfte dabei das Plastik heraus.

Alle waren stolz und hegten und pflegten das Plastik und dieses wurde groß und viel. Sehr viel. Und vielfältig. Es entwickelte sich prächtig in den aller unterschiedlichsten Formen und Farben. Glatt und sanft, geradezu streichelzart, bekam es tragende Rollen. Fest und stabil wurde es zu Behältnissen. Und das Plastik war überall. Im ganzen ABC der neuen Welt, von Auto bis Zelluloid. Plastik war immer und überall.

Und jährlich vermehrte sich das Plastik um 250 Millionen Tonnen. Das klingt nach ordentlich viel Plastik. Wir fragten mal das Wesen mit der Liebe zu Zahlen und dieses warf seinen Freund Excel an und jener wiederum sagte folgendes: „unterstellen wir mal, dass Plastik eine Dichte wie Wasser hätte, dann wären es 250.000.000 Kubikmeter Plastik. Damit könne man die Erde einmal mit einem ein Meter breiten und sechs Meter hohen Plastikstreifen ummanteln."

Und langsam nahm das Plastik überhand. Und wurde auch überheblich. Es war doch so wichtig und groß und viel und allgegenwärtig. Und Teile vom Plastik lösten sich, wurden widerspenstig und ungezähmt und initiierten eine Bewegung ‚Plastik goes wild'. Das gute, zweckgebundene Plastik und das losgelöste Plastik waren sich nicht grün, obwohl es auch grünes Plastik gab. Die beiden Parteien stritten sich und der ungezähmte Teil flatterte empört davon. ‚Plastik goes wild' wurde sein neuer Slogan. Es war überall und wurde immer mehr und wurde langsam zu einer echten PP = PlastikPlage.

Der Boden war darüber nicht glücklich – störte das Plastik doch seinen Kreislauf sehr und er versuchte daher, das Plastik zu begraben. Indes das Plastik in den Untergrund ging und dort fröhlich ungeniert weiter lebte.

Auch die Luft war nicht happy mit den flatternden Dingen, die dort nicht hingehörten. Flattern sollten schließlich die Vögel, die dort ihren Lebensraum hatten und nicht das unzähmbare Plastik. Der Wind versuchte es zu zerreißen. Doch auch darüber lachte das Plastik und zerteilte sich in immer mehr Teile.

Das Wasser versuchte es zu zermahlen (das ist eine eigene Geschichte), aber auch hierüber lachte das Plastik und begegnete diesen Bemühungen, indem es sich klein machte und damit keinen Widerstand bot.

Und es lebte fröhlich weiter. Und es bekam Freunde, die da hießen: Nachlässigkeit, Bequemlichkeit, Faulheit und ‚ist-mir egal'. Und es befreundete sich inniglich mit der Familie Un.

Mit den Schwestern Heit – als da wären: Unüberlegtheit, Unbedarftheit, Unbekümmertheit und den Brüdern Keit: Unordentlichkeit, Unvernünftigkeit, Untätigkeit und mit dem kleinsten Familienmitglied Un, dem Unverständnis. Die halfen ihm, überall zu sein. Denn wo sie gingen und standen, hinterließen sie Plastik. War ja auch egal.

So wäre es immer weiter gegangen, wenn wir nicht einen Helden gefunden hätten, der den Kampf gegen das Plastik aufnahm. Er war ein großer Kerl, wie Helden so sind. Muskelbepackt und voller Tattoos und langem, glänzenden schwarzen Haar. Dieses band er mit einem Leder zusammen (Plastik war nicht so sein Ding). Er war kein schlechter Kerl, ein bisschen wild vielleicht, aber mit einem großen, grünen Herzen und einem noch größeren, orangenen Auto. Mit diesem zog er los, das Plastik einzudämmen. Und er sammelte es ein und sammelte und sammelte. Wie der Rattenfänger von Hameln einst mit seiner Flöte die Ratten, zog er mit seinem Orangenen das Plastik magisch an, und schwupps in das orangene Auto hinein. Und wenn er auf Nachlässigkeit oder Bequemlichkeit oder Faulheit oder ,ist mir egal' traf oder gar auf die Familie Un traf, dann ärgerte er sich über diese und versuchte ihnen gut zuzureden. Wenn dies allerdings nichts nützte (was unter uns gesagt, schon öfters mal vorkam) dann schüttelte er sie, schlug die Köpfe sachte aneinander, sodass sie klingelten. Und wenn das Klingeln den Kopf verließ, trat Klarheit ein. Und sie versprachen achtsamer zu sein. Und die Uns versprachen, das Un zukünftig wegzulassen.

Doch irgendwann war sein orangener Freund voll. Wie er auch presste und drückte, es ging nichts mehr hinein. Dabei war doch noch so viel Plastik da.

Unser Held setzte sich auf das Trittbrett seines großen Orangenen und grübelte. Und ihm fiel nichts ein. Vielleicht hätte er geweint, wenn er nicht so ein großer, starker wilder Kerl, mit Muskeln, Tattoos und langem, glänzenden schwarzen Haar gewesen wäre.

So aber saß er auf seinem Trittbrett und brödelte und grübelte und brödelte, als sein Handy klingelte. Seine Frau war dran, wann er denn nach Hause käme. Und er schilderte ihr sein Dilemma und sagte, er könne noch nicht heimkommen, solange die Welt voller Plastik wäre. Sie war eine kluge Frau und riet ihm, in den Baumarkt zu fahren und Material für eine große Halle zu kaufen, um das Plastik dort einlagern zu können, bis sie eine Lösung dafür hätte. Und sie versprach ihm, nach einer Lösung zu suchen.

Und während er das Material holte, die Halle baute, das Plastik zwischenlagerte und loszog, weiter seinen Kampf gegen das Plastik zu bestreiten, zog sie los, die Lösung zu finden. Sie fragte ihre Nachbarn, alle Kollegen, die Suchmaschinen im Internet und Gott und die ganze Welt. Nichts. Keine Lösung in Sicht. Gott hatte gerade keine Zeit oder vielleicht auch keine Lust, immerhin war das Plastik ja nicht seine Schöpfung. Und die Welt wusste sich nicht zu helfen.

Langsam füllte sich die Lagerhalle und unser Held wurde wieder etwas unruhig. Er hatte viel Vertrauen in seine Frau, es war eine kluge, pragmatische, gute Frau, aber: das Problem war ja kein geringes.

Auch seine Frau war bereits ziemlich erschöpft vom vielen Fragen und Suchen, als sie vor lauter Müdigkeit nicht aufpasste und über einen Stein stolperte und hinfiel. Darüber war sie schon etwas erbost. Schließlich hatte sie sich so viel Mühe gegeben und das sollte ihr Lohn sein?

Undank?

Sie kickte ungehalten den Stein, sodass er den Halt verlor und umher kullerte und mit einer Inschrift obendrauf liegenblieb. Die Frau schaute, was da wohl auf dem Stein geschrieben stand und sie las ‚Lösung‘. Wenn diesen Stein die Alchemisten im Mittelalter gefunden hätten, sie haben so intensiv nach ihm gesucht, Gold aus Blei zu machen. Haben sie aber nicht und das war gut so. Denn nun bedurften wir seiner ja viel dringender.

‚Heureka! Ich habe die Lösung gefunden‘ sagte die Frau und rief sogleich ihren Mann an. ‚Ich habe die Lösung und komme sogleich zu Dir‘.

Gesagt, getan. Sie kam zu ihrem großen wilden, muskelbepackten Kerl mit den vielen Tattoos, dem langen, schwarzen, glänzenden Haar und dem großen grünen Herzen und gab ihm den Stein. Der umarmte seine Frau, dankte ihr für die ganze Mühe, die sie sich für ihn gemacht hatte und küsste sie.

Dann verband er ihr Knie, denn das hatte sie sich ordentlich aufgeschlagen, als sie da so zufällig über die Lösung gestolpert war.

Und er nahm den Stein, legte ihn aufs Plastik und der Stein ‚Lösung‘ löste das Plastik auf. Und alles löste sich in Wohlgefallen auf. Und da dem Gesetz der Energie entsprechend, Energie nicht vergeht, löste der Stein das Plastik in seine aller kleinsten Atome auf und führte diese zurück in die Ursuppe.

So konnten beide endlich nach Hause gehen, um etwas essen zu können. Eigentlich war er mit dem Kochen dran, aber es war schon spät, deshalb lud er sie zu einem ganz wunderbaren Candle-Light-Dinner ein. Verdient hatten sie es sich ja beide.

# Das All

Es war einmal ein All, welches viele Welten umspannte. Und Sonnensysteme und Galaxien und Universen auch.

Das All war überall.

Es gab das All schon recht lange und es hatte viel, viel Zeit zum Nachdenken. Zum Beispiel darüber, ob es unendlich sei.

Trotz seiner schier unendlichen Weite und seines sehr, sehr, sehr hohen Alters, hatte es diese Frage noch nicht schluss-endlich klären können.

'Was, wenn ich endlich bin?' sinnierte das All. 'Was kommt dann? In einem dreidimensionalen Raum, selbst in einem Weltraum, kommt nach einem Ende immer noch was nach. Das dicke Ende kommt zwar zum Schluss, aber ist denn dort tatsächlich Schluss?'

Eine wahrhaft knifflige Frage.

'Und was, wenn ich unendlich bin? Wie geht das, unendlich zu sein?'

Obwohl sich das All unendlich alt fühlte und bereits eine Ewigkeit nachdachte, so fühlte es sich nicht für die Ewigkeit geboren.

'Unendlich sein oder nicht sein' grübelte es.

Und über dieser schwierigen Fragestellung zerbrach sich das All den Kopf. Eigentlich zerbrach es ihn nicht, sondern es rauchte ihm der Kopf, und zwar derart, dass es sich zu einem Weltenbrand entzündete.

Und mit einem Knall kam das All zu Fall.

# Plastikmeere.

Es war einmal ein Meer. Groß war es, unendlich groß. Und farbig. Mal grau, mal blau, mal türkis, mal weiß. Wie gerade seine Laune war, denn launisch war es allemal. Mal türmte es sich grau und gewaltig in den grauen Himmel. Mal war es so blau, so tief blau, dass es mit dem blauen Himmel um die Blauigkeit wetteiferte. Der Himmel schickte sein Blau bis zu 100 Meter tief in das Meer und dieses spiegelte es zurück. Wer könne wohl blauer sein?

Oder es war von einem magischen Türkis und kristallklar, sodass man meinte, man könne hineintauchen, in das Türkis und sich bezaubern lassen.

Oder grün, von den vielen kleinen Algen, die dort schwammen. Oder es war weiß schäumend.

Oder, oder, oder ...

So vielfältig war das Meer.

Und nicht nur in der Farbe, nein auch in der Art, denn so wie seine Laune war, so konnte es sanft und glatt und still sein. Oder hoch auftürmend – geradezu bergig. Oder auch aufbrausend. Manchmal gab es auch so viel Meer, das es geradezu überschäumte, über alles hinweg. Da war dann mehr Meer auf dem Land, als das Land eigentlich haben wollte.

Und das Meer hatte kleine Ausläufer, die wellig das Land hinauf und wieder hinab liefen. Den Sand glättend oder Muster hinein zaubernd, grad so, wie es dem Meer gefiel. Und es war nicht nur launisch, sondern auch ein bisschen gierig: Was das Meer bekam, behielt es meist. Manchmal gab es auch zurück. Aber eher selten. Wie halt gerade seine Laune war.

Eines schönen Tages, als das Meer seine kleinen Ausläufer sanft einen Sandstrand hinaufschickte, um auf dem Rückweg ins Meer die herrlichsten Riefen in den Sand zu zeichnen, entdeckte das Meer ein seltsames Teil am Strand. „Was bist Du denn?", fragte das Meer das Teil.

„Ich bin Plastik", sagte das Plastik. „Ich bin viel. Viel in der Menge und viel in der Form. Und ich werde immer mehr."

Das Meer hatte nicht so ganz genau hingehört, das sanfte Plätschern der Wellen hatte die Rede etwas übertönt und hatte verstanden: ‚Ich werde immer Meer' und so nahm es das Plastik mit.

Und überall, wo es Plastik am Strand fand, bei den Schiffen oder in den Strömungen, so nahm es das Plastik mit. Und nicht nur das feste Plastik, nein auch die kleinen Plastikfasern, die aus Kleidung, Netzen und anderem mit dem Abwasser der Waschmaschinen in den Wasserkreislauf gelangten, nahm das Meer auf.

Und immer mehr Plastik war im Meer.

Es gab einen Mittelpunkt, dort kamen die Meere zusammen.

Umsprudelten und umstrudelten sie sich, tauschten sich aus, um dann wieder von dannen zu strömen.

Und das Meer, welches jegliches Plastik gesammelt hatte, trug dieses zu seinem strudelnden Mittelpunkt, zu den Schwester-Meeren und erzählte diesen, die Mär von Plastik. Und die Meere horchten. „So? Das Plastik solle immer Meer sein?" fragten sie sich und ihre Schwester Meer. „Ja", sagte diese, „so hat das Plastik es mir erzählt".

Und alle Meere trugen fortan alles Plastik zusammen und strömten mit dem Plastik zu ihrem sprudelnden Mittelpunkt. Wo das Plastikmeer immer mehr wurde. Und so groß, dass es den Meeren langsam ein bisschen unheimlich wurde und sie sich fragten, ob dieses Plastik denn wirklich Bestandteil von Meer sein solle und dürfe.

Und nicht nur, dass das Plastik viel war, sondern es störte auch die Bewohner des Meeres. Die Fische fraßen das Plastik und verhungerten darüber, weil sie dachten, es wäre Nahrung. All die bunten Fische, die Kleinen, die Großen wurden mit dem Plastik konfrontiert. All die Algen, die Korallen wurden von dem Plastik überspült und es störte jedweden Werdegang und den Kreislauf.

Und das Meer erschrak ganz schrecklich über das, was da passiert war. So hatte es sich das nicht vorgestellt. Ein Plastikmeer.

Und das Plastikmeer war so groß, dass es eine gigantische Fläche bedeckte und dies waren ja nur die großen Teile, nicht die Kleinen, die von den Wassergewalten zerrieben oder hinein gespült worden waren und von den Fischen aufgenommen wurden.

Das Plastikmeer wurde also so groß, dass es endlich auch dem Wesen Mensch auffiel. Und die Menschen - manche jedenfalls, nicht alle - dachten darüber nach, was zu tun sei. Denn es war auch ihnen – manchen jedenfalls, nicht allen - klar, dass das Plastikmeer kein Meer und auch nicht mehr Meer sein dürfte.

Und so begab es sich, dass ein kleiner Junge durch die Nachrichten über das Plastikmeer lauter Alpträume bekam. Von Plastik, vom Plastikmeer, das alles überspülte, von Plastik-Monstern unter seinem Bett und in seinem Schrank. Und wohin er sah in seinen Träumen, sah er Plastik und fürchtete sich. Und im Traum, träumte er diesen Alptraum zu beenden.

Und als er aufwachte, dachte er drüber nach. ‚Wie bekomme ich das Plastik aus dem Meer'? Und ihm fiel dazu erstmal nichts ein.

So ging er zu seinem Sandkasten, um zu spielen und auf andere Gedanken zu kommen. Und er baute Sandburgen, Sandberge und alles Mögliche, nur um es danach mit seinem Rechen wieder glattzuziehen. Dieses Glätten hatte etwas Beruhigendes, etwas was wieder Ordnung schaffte.

Und wie er so schaute, wie sein Rechen glatte, saubere Flächen schuf, dachte er bei sich:

‚Das wär's! Ein Rechen, das Plastik zusammen zu rechen!'

Und er setzte sich in seine Bastelstube und bastelte einen Rechen, das Plastikmeer zusammen zu kehren. Und zog auf das Meer, zu dem Mittelpunkt, der nicht mehr strudelte und sprudelte, sondern ganz plastikmäßig war.

Und er rechte durch das Plastikmeer und türmte es auf einen riesigen Haufen. Das war schon was. Ein Plastikmeer, welches zu einem Plastikberg geworden war.

‚Und nun? Was tun?' fragte der Junge sich. ‚Jetzt habe ich zwar all das Plastik zusammen gerecht, aber was jetzt? Wie entsorge ich nun das alles'?

Zu letzterem hatte er erstmal keine Lösung, aber wir wissen ja, es gibt die Lösung.

Auch der kleine Junge hatte von ‚Plastik goes wild' gelesen und ihm fiel sein Idol, sein Held ein, der große Kerl mit den Tattoos und dem langen schwarzen Haar. Er rief also sein Idol an, schilderte sein Dilemma. Sein Held war ein Mann des Handelns, der Taten, der anpackte und er schiffte ein, fuhr zum Mittelpunkt der Meere, nahm seinen Stein ‚Lösung' und löste das ganze Plastik auf.

Aber da waren ja noch die ganz kleinen Plastikteile, die so klein waren, dass der Rechen sie nicht packen konnte. Und die so gefährlich für die schönen bunten, kleinen und großen Bewohner der Meere waren. Was nun mit diesen?

Wir sind ja in einem Märchen und ab und an taucht in einem Märchen eine gute Fee auf. So auch hier und heute. Sie kam, sah und überlegte.

‚Kann ich vielleicht meinen Zauberstab schwingen, Vernunft und gutes, besonnenes Handeln in die Wesen Mensch hinein zu zaubern'?

Aber der Fee war klar, dass dies selbst für eine sehr gute Fee eine zu große Tat sei. Und außerdem wäre damit das Plastik ja immer noch da.

Also überlegte sie weiter.

Und sie suchte ein kleines Mädchen aus, schwang den Zauberstab dreimal um das Mädchen herum und verschwand. Das Mädchen hieß Rapunzel. Und es hatte über das Thema mit dem Plastik gelesen. Und ward darüber nicht glücklich. Rapunzel – wie Rapunzel aus dem Märchen – hatte schönes langes Haar. Sehr langes Haar.

Oft wurde sie damit, und auch ob ihres Namens, gehänselt und gegretelt und auch darüber war sie nicht glücklich. Sie hatte sogar schon mal überlegt, sich einen Irokesenschnitt zuzulegen. Aber sie mochte ihr Haar.

Als sie morgens, nachdem die Fee dagewesen war, – was das Mädchen aber nicht wusste – ihr langes Haar lange bürstete, fiel ihr auf, dass es sich elektrostatisch auflud.

‚Das wär's. Eine plastikmagnetische Schleppe, die die vielen, vielen kleinsten Plastikteilchen anziehen würde'.

Und sie ging in ihre Bastelstube, eine riesige plastikmagnetische Schleppe zu basteln. Fuhr aufs Meer und fing die kleinsten Plastikteile mit ihrer Schleppe.

Das war vielleicht viel Arbeit.

Der kleine Junge half ihr dabei und so säuberten sie das Meer. Das dauerte eine gute Weile.

Und das dankbare Meer beschenkte sie dafür mit einer Insel mit einer blauen Lagune. Dort lebten sie glücklich und zufrieden und wurden erwachsen.

Und das Meer sorgte dafür, dass die beiden pünktlich per Flaschenpost ihre Schulunterlagen und -aufgaben bekamen, sodass sie auch ihren ordentlichen Schulabschluss machen konnten.

„Sauber, sauber", sagte das Meer zu sich, „so soll es sein und so soll es bleiben. Diese Wogen sind erst einmal geglättet."

Und das Meer hatte aus dem Ganzen gelernt, dass Plastik weder im Meer, noch immer mehr sein dürfe.

Und wo immer es Plastik fand, schickte es dieses mit seinen Ausläufern auf den Strand. Um es dort auf zu türmen. Zu so großen Plastikbergen, dass das Wesen Mensch es nicht mehr übersehen konnte. Auf dass die Menschen lernten, auf das Plastik zu achten. Und die Menschen erkannten das Plastik – manche jedenfalls, nicht alle - sammelten es und schickten es zu unserem Helden in dessen Lagerhalle, sodass Stein Lösung dieses auflösen konnte und sich alles in Wohlgefallen auflöste.

Ist das nicht märchenhaft?

# Sichtweise

Die Sichtweise und ihr Bruder der Blickwinkel trafen bei einem Geschehnis auf die Perspektive. Und wie die Sichtweise auch schaute und aus welchem Winkel ihr Bruder blickte, es ergab sich jedes Mal eine andere Perspektive. Das war seltsam. Eigentlich hatten sie ja nur eine Perspektive getroffen.

Und so änderte die Sichtweise ihre Sicht und ihr Bruder den Blickwinkel und sie tauschten sich aus. Sodass der eine aus dem Winkel des anderen sah und der andere die Weise der Ersteren annahm. Und trotzdem ergab sich jedes Mal wieder eine neue Perspektive.

Wie seltsam das doch war. Und so tauschen sie ein um das andere Mal ihre Sichtweise und ihren Blickwinkel.

Bis sie aus allen Winkeln, die es nur gab, das Geschehnis betrachtet hatten. Und so erstand eine ganzheitliche Sichtweise und sie sahen das Geschehnis komplett, wie es war.


Aber das dauerte seine Zeit.

# Die nackte Wahrheit

Es war einmal eine nackte Wahrheit.

Sie war ganz bloß und splitterfasernackt. Und eckig und hart. In keinster Weise rund oder gefällig. So kam es, dass sie überall aneckte.

Das mochten die Leute nicht, so mit der nackten harten Wahrheit konfrontiert zu werden und versuchten sie zu verkleiden oder zu verbiegen. Zu verdrehen. Etwas anderes aus ihr zu machen. Ihre Nacktheit zu verbergen.

Indes, die Wahrheit blieb sich treu. Sie blieb bloß und hart und eckig und wahr.

Manchmal versuchten die Leute, die Wahrheit zu verstecken. Aber die Wahrheit kam immer ans Licht.

So wa(h)r sie eben.

# Das Märchen vom bösen Wolf.

Es war einmal ein großer böser Wolf. Eigentlich war er nicht böse, sondern nur groß und halt Wolf. Und er hieß Grim. Ise Grim. Aber er war auch nicht grimmig, sondern im tiefsten seines Herzens ein Familienmensch – pardon Familienwolf. Denn er lebte mit seiner Wölfin Greta – die hatte er in Gretna Green geheiratet – hinter den 7 Bergen. Dort also lebte die Wolfsfamilie Grim, hinter den 7 Bergen mitsamt ihren 7 Jungen. Zufrieden. Mit sich und der bergigen Welt.

Bis eines Tages den Wolf die Wanderlust packte. Und er packte auch seine Frau Greta und die 7 Jungen und zog über die 7 Berge in ein fernes Land.

So sind Wölfe eben. Sie ziehen gerne mal herum.

Und sie zogen in ein westliches Land. Dort hieß es, sei alles modern und lebenswert und alles viel besser als anderswo. Und grüner und größer und wirtschaftlicher.

Das Land hatte große Wälder mit viel Wild, aber auch viel Mensch und steinerne Kästen und seltsame metallene Kisten, die flitzten nur so durch die Gegend, dass den Wölfen ganz anders wurde. Alles war so merkwürdig und ungewohnt und völlig anders als hinter den 7 Bergen.

Und die Familie Grim versuchte sich zurechtzufinden und einzuleben. So zogen sie in einen großen Wald, sorgten dafür, dass der Wildbestand gesund und kräftig bliebe und freuten sich, dahin eingewandert zu sein.

Doch die Wesen Mensch waren damit nicht glücklich. „Wir wollen keine Zuwanderer und schon gar nicht große, böse Wölfe". Und die Jäger riefen „Wir wollen unser Wild selber jagen, verschwinde aus unseren Wäldern". Und die Hundebesitzer reklamierten, dass ihre Hunde frei durch die Wälder laufen sollten und die Schäfer beschwerten sich, dass ihre Schafe nun eingesperrte werden müssen und die Spaziergänger fürchteten sich. Und, und, und ....

Und sie trafen überall auf Abneigung und auf üble Nachreden. „Der Wolf ist schlecht. Der Wolf ist böse. Der Wolf frisst alles auf. Vielleicht sogar kleine Kinder?" so schallte es ihnen entgegen.

Und Vaterwolf Grim wusste nicht, wie er und seine Lieben damit umgehen sollten. Er fühlte sich unbehaglich, ungeliebt und in die Ecke gedrängt. Letzteres war nicht gut.

In die Ecke gedrängt zu werden, verträgt sich mit Wolf nicht gut. Und sollte er gar den Wölfen zum Fraße vorgeworfen werden? Das wäre wahrhaft eine gar interessante Situation.

Er empfand das Ganze als Rufmord und wollte verhindern, dass irgendwann das Wort ‚Ruf' wegfiele. Gedrängt und bedrängt, ward er darüber ungehalten und sogar etwas böse, obschon er ja kein böser Wolf war. Und er war auch enttäuscht. Er hatte sich das alles ganz anders vorgestellt. Einfacher. Einfach netter.

Und dachte nach. ‚Was tun? Habe ich denn kein Recht zu leben? Wie kann ich mich denn all dessen erwehren'?

grübelte er vor sich hin und heulte verzweifelt den Mond an. Das hörten grüne Wesen, die da in seinem grünen Wald umherliefen und wolfsfreundlich waren. Sie waren zwar grüne Wesen, aber nicht vom Mars, sondern von der Erde und dieser auch zugetan.

„Was heulst Du denn so laut"? fragten sie ihn. Und er schilderte ihnen seine Sicht des Lebens und der Dinge, vor allem der Dinge die da im Wald so abliefen.

Und die grünen Wesen rieten ihm vor Gericht zu ziehen. „Gehe nach Straßburg. Dort gibt es den Europäischen Gerichtshof für Menschenrechte. Poche auf das Grundgesetz Artikel 3: ‚Niemand darf wegen seines Geschlechtes, seiner Abstammung, seiner Rasse, seiner Sprache, seiner Heimat und Herkunft, ... benachteiligt oder bevorzugt werden‘. Und Artikel 2: ‚Jeder hat das Recht auf Leben. Die Freiheit der Person ist unverletzlich‘.

Und kläre mit ihnen, dass auch ein Wolf – wenn auch kein Mensch – so doch eine schützenswerte Person sei."

Und die grünen Wesen hatten Freunde bei der Yellow Press (grün und gelb vertrugen sich in dieser Welt ausnehmend gut. Es gab nicht wenige darunter, die rauchten gern und sangen Reggae. Und waren friedlich). Die gelben Wesen schrieben in ihren Zeitschriften in gesperrt in Großbuchstaben Schlagzeilen wie ‚Mobbing inmitten unseres Landes. Der Wolf wird gemobbt‘

Oder ‚Wer hat denn Angst vorm nicht bösen Wolf?' oder ‚Wolf. Hier kannst Du sein.' Oder ‚Wer will denn wohl kein Wolf sein?'

Und sie initiierten eine Bewegung ‚Pro Wolf' und darin bewegten sich Wesen mit den Namen: Wolf, Wolfdietrich, Wolfgang, Wolfhard, Wolfram, Wolfgunde, Wolfhilde, Wolfrun, Wolftraud, Wolftrud, aber auch andere.

Und mit diesem Beistand zog Wolf Grim nach Brüssel vor Gericht. Die grünen Wesen begleiteten ihn und die Gelben unterstützten ihn, indem sie alle Welt auf dem Laufenden hielten.

Dort angekommen traf er auf ein graues Wesen mit schickem, maßgeschneidertem Anzug und Krawatte, das hielt eine dicke Akte in Händen. „Ich werde Deinen Fall übernehmen, dies ist die Fallakte. Wir werden die üble Nachrede zu Fall bringen und Dir das Recht Wolf zu sein sichern". Sprach das graue Wesen und grinste dabei wölfisch. Und der Wolf erkannte einen Artverwandten, der wenn auch kein graues Fell, so doch einen grauen Anzug anhatte.

Und so begann der langwierige Prozess um und für das Leben der Wölfe.

Und alle wurden gehört. Die Jäger, die Schäfer, die Wanderer, die Hundebesitzer, die Waldbesitzer, die Bauern, die Reiter, die und die und die auch. Eben alle, die meinten, etwas sagen zu müssen.

Und die Jäger reklamierten für sich das Wild. Und der grau gewandete Wolfsverwandte im Anzug entgegnete, dass es typisch für einen Wolf sei, altes und schwaches Wild aus dem Bestand zu nehmen und dem Jäger damit kein Schaden erwüchse.

Im Gegenteil, der Bestand würde dadurch stärker und besser. Und es sei das Recht eines Wolfes, Wolf zu sein.

Und der Waldbesitzer reklamierte das Betretungsrecht für seinen Wald. Doch der wölfische Vertreter berief sich auf das generelle Betretungsrecht für Erholungssuchende und wie erholsam es doch wohl für einen Wolf sei, artgerecht durch die Wälder zu streifen.

Und die Hundebesitzer beschwerten sich, dass sie ihre Hunde nicht mehr frei laufen lassen könnten, wenn sie in das Territorium des Wolfes gerieten, so würde dieser so territorial. Und hier gerieten sie mit den Jägern in Streit, denn die mochten die frei umher laufenden und das Wild störenden Hunde, ohnehin nicht besonders gerne.

Und es entspann sich ein turbulenter Nebenkriegsschauplatz, auf dem mit reichlich scharfen Worten geschossen wurde.

Und der Schäfer monierte, der Wolf risse unbotmäßig viele Schafe. Hier schämte sich der Wolf ein bisschen und wenn man genau hinsah, wurde er unter dem Fell etwas rot.

Denn rot sah er schon, wenn die Schafe da so wild blökend durcheinander liefen. Hin und her und hin und her. Blökend.

Da sah Wolf dann rot und ihm gingen doch glatt die Gäule durch. Eigentlich können einem Wolf keine Gäule durchgehen, denn er hat ja keine, Wolf hingegen kann schon mal mit ihm durchgehen, aber die Wesen Mensch verstanden die Metapher grad ganz gut.

Und der Wolf gelobte dem Schäfer, nicht so zu wüten, nur das Allernötigste zu nehmen und Zäune zu respektieren. Hier war dem Wolf schon klar, dass er ordentlich an sich arbeiten müsse, im Sinne einer Gemeinschaft muss schließlich ein jeder etwas arbeiten.

Und andere beklagten, dass der Wolf bei Vollmond so laut heulen würde.

Dies verstand der Wolf gar- und überhaupt nicht. Was gab es denn schöneres, als oberhalb von allem auf einem Stück Fels zu sitzen, den sanft im Winde schwingenden Baumwipfeln zuzusehen, das Rascheln der Blätter zu hören und Frau Mond in ihr liebes, rundes Gesicht zu schauen.

Das ist doch zum Heulen schön, dachte er bei sich.

Aber der Schlaf war vielen heilig und sie wollten diesen gerne ungestört und vor allem unbeheult genießen. Und wieder versprach der Wolf, im Sinne der Gemeinschaft – er wollte schließlich auch ein respektiertes, geliebtes, vollwertiges Mitglied sein – das wunderbare Heulen nur im tiefen Wald erschallen zu lassen und nicht in der Nähe von Ortschaften, die Wesen dort nicht zu stören.

Und der Wolf, der sich schon seiner Wölfigkeit bewusst war, versuchte sich harmlos und nett wirkend hinzusetzen, die Zunge ein bisschen aus dem Maul hängen zu lassen und etwas mehr vegetarisch zu schauen. Das gelang ihm nur bedingt. Und misslang gänzlich, als er der vielen Beschwerden und Redereien von allen Seiten – die ihm absolut unverständlich waren – müde wurde und tief und lang gähnen musste. Und alle seine Zähne sichtbar wurden.

„Wolf, was hast Du denn für große Zähne" erschraken die anderen. Und schon ging das Palaver wieder los.

‚Wir fürchten uns' sagten Spaziergänger, Reiter, Bauern, Eltern und viele mehr. Und der Wolf versprach, scheu zu sein. Umsichtig. Vorsichtig. Den anderen im Wald aus dem Weg zu gehen. Wenn sie ihn denn in Ruhe ließen und keine Hunde in sein Territorium schickten und nicht lauter wären, als er bei Vollmond heulen könne. Und, und, und ….

Und der grau gewandete, beinahe Wolf im Anzug argumentierte – er hatte keine großen scharfen Zähne im Gesicht, dafür aber ein messerscharfes intelligentes Zahnrad im Gehirn, dessen Räder grad auf Hochtouren liefen - und redete und zog alle Register seines Könnens und berief sich auf § 37 ½ und § 135 7/8 und auf viele andere Paragraphen.

Und er plädierte für die Rechte des Wolfes. Da erhoben sich die Linken und fragten, was denn dann wohl mit ihnen sei. Hier musste der Graugewandete nun wirklich alles geben und erklärte, es handele sich um Recht, abgeleitet von dem

Recht – verbunden mit dem Rechtssystem und das hätte nichts mit rechten oder linken Parteien, Händen, Füßen mit einem Rechtsfahrgebot oder irgendetwas anderem rechten zu tun.

Nach einer Weile waren alle einsichtig.

Der Wolf bekam Recht. Und durfte Wolf sein. Und im Wald leben – mit ein paar Auflagen, aber das war ja alles geklärt.

Und er zog wieder in den großen Wald, lebte dort mit Greta und den Jungen glücklich, scheu, zurückhaltend und zufrieden.

Und so soll es sein.

# Die Bequemlichkeit

Am Ende des getanen Tages saß sie gerne mit ihren beiden Freundinnen, der Ruhe und der Gelassenheit, vorm Kamin - bequem im Ohrensessel - und schaute den knisternden Flammen zu. Oder sie saßen im Schaukelstuhl auf der Veranda und blickten in den grünen Garten und genossen Ruhe, Vogelzwitschern und den farbenprächtigen Sonnenuntergang. So saßen sie da, zufrieden und ruhig und sinnierten und gingen in sich und alles war gut. Sie war eine stille und leise und fand, dass am Ende eines langen Tages etwas Portion Bequemlichkeit verdient sei und es damit rechtens sei, wenn sie dann bei den Menschen einzog.

Doch die Zeiten änderten sich. Und es kam das Fernsehen auf. Und die Bequemlichkeit gewann neue Freunde: ‚das ist mir alles egal‘ und ‚das Leben aus der zweiten Hand‘ begleiteten die Bequemlichkeit fortan, während sie vorm Fernseher im Sofa saßen und aßen und die bunten Bilder anschauten. Und sich von dem Leben aus zweiter Hand berieseln ließen.

Sie blieben gerne lange im Bett liegen, lümmelten sich bequem irgendwohin. Und die Bequemlichkeit schlich sich heimlich still und leise überall ein. Und wo die Bequemlichkeit sich einmal eingenistet hatte, verwob sie sich und breitete sich langsam und unaufhaltsam aus.

Bis in die letzten Nischen eines jeden, in dem die Bequemlichkeit einmal steckte. Und sie wurde ein formidabler Feind des Fortschritts, der Gesundheit und der Bewegung.

Damit es auch alles noch bequemer wurde, stellte die Bequemlichkeit den Kühlschrank direkt neben das Sofa. Und der Lieferservice brachte Frei Haus Chips und Flips. So saßen die Bequemlichkeit und ihre beiden Freunde ‚das ist mir egal‘ und ‚das Leben aus zweiter Hand‘ auf dem Sofa, aßen Chips und Flips, tranken Bier und Cola und schauten dem Leben im Fernsehen zu.

Indes das echte Leben draußen am Fenster vorüberzog.

Und die Bequemlichkeit wurde darüber dicker und dicker.

Bis eines Tages unter ihrem Gewicht das Sofa zusammenkrachte.

Da lag sie nun, wie ein Käfer auf dem Rücken. Aber dem ‚das ist mir egal‘ war das egal. Derweil ‚das Leben aus zweiter Hand‘ gebannt schaute, wie sich die Bilder am Fernsehen entwickelten. Und sonst nichts sah.

Das war dann das Ende der Bequemlichkeit.

Indes ihre früheren Freundinnen, die Ruhe und die Gelassenheit, einen neuen Freund fanden, den tiefen Frieden. Die drei zogen auf einen Berg, auf eine Almhütte, weit weg von Europawanderwegen und Mountainbike-Strecken und lebten dort.

Glücklich. Und der tiefe Frieden breitete sich aus.

# Die Strafe

„Ihr habt mich verdient" hämte die Strafe und folgte der Tat auf den*) Fuß.

Jetzt erhebt sich die Frage, warum sie auf den Fuß folgt, der doch per se oder per pedes eher ein Guter ist. Ein Träger. Eine Stütze.

Warum folgt sie nicht den Händen, die Schändliches tun? Weil sie sich reinwaschen?

Und warum nicht dem Kopf, der sich die verwerflichen Taten ausdenkt? Nur weil Gedanken frei sind?

So kommt es, dass die Strafe, die auf den Fuß folgt, vieles ungesühnt lässt.

*) *Wir fragten die Strafe, warum sie auf den Fuß folgen würde und ob sie denn nicht auf dem Fuß folgte. Da haben wir sie wohl auf dem völlig falschen Fuß erwischt, denn sie entgegnete recht unwirsch „Dies wäre wohl ihre Sache, wie, wann und ob sie welchem Fuß folgen oder auch nicht, würde. Und außerdem klänge es besser". Wir wollten uns nicht mit einer Strafe streiten, daher folgt sie auf den Fuß.*

# Die 10 Gebote

Es war einmal ein uraltes Wesen namens ‚10 Gebote'. Es war so alt, so uralt, dass die Welt dieses eigentlich schon so gut wie vergessen hatte. Es saß auf einem Berg – versteinert und grau – und hatte keinen Zugang mehr zu der Welt.

Als es da so auf seinem Berg saß, grübelte es: ‚Wie kam es, dass ich nicht mehr Bestandteil dieser Welt bin? War ich denn nicht mal wichtig und war ich nicht in aller Munde? War ich nicht mitten im Leben und hatte man mich nicht geachtet? Wurde ich nicht zitiert? Und gelebt? Wo ist das denn alles hingekommen? Wo ist das Leben geblieben'?

So sinnierte es. Und geriet prompt in eine Sinnkrise. Wäre es noch jünger, wäre es wohl eine formidable midlife-crisis gewesen, aber so verwittert und so uralt und versteinert, wie das Wesen da so auf dem Berg war, konnte man wohl kaum noch von midlife sprechen. Und auch nicht vom Mittelalter. Verwittert waren auch seine Inschriften, die in Stein gemeißelt, eigentlich das Wichtigste waren. Sie waren schon fast nicht mehr lesbar. Kein Wunder also, dass die Botschaft nicht mehr in der Welt zugegen war.

Wie also die 10 Gebote da so betrübt und bewegungslos und regungslos auf dem Berg saßen, kam Mooses daher.

„Was sitzt Du denn da so Trübsal blasend herum?" fragte das grüne Mooses.

Und die 10 Gebote seufzten. „Ach, ich bin so verwittert, grau, unlesbar und somit nichtssagend geworden und so weit weg vom Leben. Ich möchte doch auch gerne am Puls des Lebens und wieder in aller Munde sein. Ich möchte wieder unter die Leute kommen ".

Da erbot sich Mooses, die 10 Gebote wieder in die Welt zurückzubringen. Damit die Welt es wahrnähme.

Und polsterte die 10 Gebote auf den grünen, weichen Moosteppich und wuchs hinaus, in die Welt. Das dauerte natürlich schon ein bisschen und nach einer guten Weile (einer ziemlich langen guten Weile) kamen Mooses und die 10 Gebote in eine große Stadt.

Die war so ganz anders als es sich Mooses und die 10 Gebote vorgestellt hatten. Diese Hektik, diese Eile. In der Rush-Hour rannten die Leute an ihm vorbei, die Kinder riefen „ey Alter ey, Du stehst im Weg". Überall rempelte und pöbelte man sie an. „Beeilt Euch. Steht da nicht so rum. Weg da." So und anders schallte es ihnen entgegen.

Das war nicht schön. Und befremdlich. Und anders. Und unhöflich und auch irgendwie traurig.

Als plötzlich - aus dem Nichts heraus - ein Stück Zeitung vorbei wehte und sich direkt vor Mooses und den 10 Geboten niederließ. „Habt Ihr mich schon gelesen?", fragte die Zeitung. Im Gegensatz zu den verwitterten 10 Geboten, war sie nämlich noch ganz druckfrisch und hatte schöne schwarze Lettern. „Ich" beschrieb sie sich „habe einen tollen Inhalt. Da könnt Ihr es lesen, schwarz auf weiß."

Und da stand geschrieben, dass es eine Ortschaft in Spanien gäbe, in der Menschen mit verschiedenen Religionen einträchtig zusammen wohnen würden, Ihre Feiertage gemeinsam begehen würden und in Harmonie und im Einklang miteinander leben würden.

Das hallte in den 10 Geboten nach. Und es entstand der Wunsch, dorthin zu reisen, diese Gemeinschaft der Gemeinschaft zu sehen. Und Mooses rollte seinen grünen Teppich aus und die beiden machten sich auf den Weg, die wundersame Gemeinschaft zu finden.

Der Weg war weit. So weit, dass sie für Ihre Pilgerfahrt Bus und Zug nehmen mussten. Sonst wären sie wohl nie angekommen. Es ist wenig erstaunlich, dass ihnen niemand einen Platz anbot. Obwohl die 10 Gebote doch so offensichtlich uralt waren. Höflichkeit, Anstand und Respekt vorm Alter waren aus der Mode gekommen.

Ganz abgesehen davon, wie hätte man sie auch sehen können, denn ein jeder hatte die Nase dicht am Handy und musste wichtig lesen und schreiben. Da wurden andere keines Blickes gewürdigt.

So nahmen sie also Bus und Zug. Und wieder einen Bus und wieder einen Zug, bis sie den weiten, weiten Weg nach Spanien in diese südliche Ortschaft gegangen und gefahren waren.

Diese Reise war lang. Sehr, sehr lang. Sodass sie wahrlich erschöpft waren, als sie endlich angekommen waren und sich am Marktplatz niederließen. Dort saßen bereits ähnlich alte Wesen, die Schwestern Suren aus dem Koran, aus Asien waren die Herren Bud, Hindu, Tao und Konfuzius angereist und auch Frau Tora war dort. Einträchtig nebeneinander, alt geworden, saßen sie so da. Alle zusammen.

Und beratschlagten, wie sie denn ihre Botschaften gemeinsam wieder in die Welt tragen könnten. Damit sie gehört und gelebt werden würden. Und sie beratschlagten. Und dachten nach. Und tauschten sich aus. Und beratschlagten. Und dachten nach. Lange Zeit.

Und über diese lange Zeit wuchsen sie zusammen. Und als noch mehr Zeit darüber verging – sie dachten wirklich sehr intensiv nach – wurden sie so eng, diese alten Wesen, dass sie zu einem einzigen großen grauen Monolithen wurden. Und Mooses überzog sie mit seinem grünen Teppich, auf das sie geschützt seien.

Und weitere Zeit zog ins Land.

Und noch sehr viel spätere Zeit zogen Kinder in das Land.

Diese spielten am Marktplatz auf dem Monolithen. Und kraxelten darauf herum und schabten dabei etwas von Mooses ab. Versehentlich, das war nicht bös gemeint. Aber wie Mooses so in kleinen Stückchen quasi von dem Monolithen fiel, tauchten Vertiefungen auf, die sahen fast aus wie

Worte. Neugierig machten die Kinder sich daran, diese Vertiefungen frei zu legen und mit Fingerfarben auszumalen.

Das war ein Bild: ein großer, grauer, mit grünem Moos überzogener Monolith, dazwischen reichlich bunte Worte:

Wertschätzung. Höflichkeit. Respekt. Ehrlichkeit. Anständigkeit. Reinlichkeit. Hilfsbereitschaft. Freundlichkeit, Toleranz .... in den aller schillerndsten Farben.

Andere Worte, die den Kindern missfallen hatten, blieben in Grau oder wurden gar dick durchgestrichen: Neid. Missgunst. Diebstahl. Verletzen und gar töten hatten sie gänzlich gestrichen. Am liebsten hätten die Kinder diese Worte komplett ausradiert, aber sie waren zu tief eingraviert.

Der Monolith mit diesen schönen farbigen Worten sah fantastisch und wundervoll aus. Und trat - durch die Fantasie der Kinder beflügelt - die Reise um die Welt an.

Er benötigte keine 80 Tage, denn die Kinder schickten Bilder in dem - was auch immer, wir wissen ja nicht, wie viel Zeit vergangen war und wie die Kommunikation der Zukunft aussieht - um die ganze Welt.

Blitzschnell verbreitete sich die Botschaft und die Worte all der alten Wesen - neu ans Tageslicht gekommen - waren wieder in aller Munde und was noch viel wichtiger war: in allen Herzen.

# Die kleine Hexe oder die Möchtegernprinzessin.

„Du bist unser Augenstern, unsere kleine Prinzessin", sagten ihre Eltern ständig und dachten bei sich ‚was ist das für ein wundervolles, schönes, talentiertes, kluges Mädchen. Das beste der Welt'. Und präsentierten ihr die Welt auf einem Silbertablett. Sie hofierten sie. Sie hätschelten sie. Sie tätschelten sie. Und sie war der Mittelpunkt von allem.

So kam es, dass das kleine Mädchen sich für eine Prinzessin hielt. Indes sie sich aber – durch die überreichlichen Verwöhnungen ihrer liebenden Eltern – in eine kleine Hexe verwandelte.

Keine bezaubernde, preuß'sche, kleine Hexe. Sondern eine freche Hexe. Sie, die im Ursprung eigentlich die Anlage zu einem bezaubernden kleinen Mädchen hatte, wurde so verzogen, dass die guten Eigenschaften verschüttet wurden.

Begraben unter den steten Reden, wie wundervoll sie sei und was für eine wunderbare kleine Prinzessin. So wurde sie reichlich überheblich. Fordernd. Selbstgefällig. Warum auch nicht? Schließlich drehte sich ja alles nur um sie. Sie konnte vortrefflich hysterische Anfälle bekommen. Und mit ihrem kleinen Fuß aufstampfen, dass die halbe Erde bebte. Schreianfälle, wenn sie etwas nicht bekam, was sie wollte, ließen Fenster und Türen scheppern. Sie war unhöflich und anmaßend. Schließlich wähnte sie, dies alles stünde ihr als Prinzessin zu.

Es war einmal eine kleine Prinzessin. Die war eine echte Prinzessin. Eine richtige und echte Prinzessin, mit einem Krönchen auf dem Kopf.

Und sie musste lernen Prinzessin zu sein und studieren, Staatswesen, höfisches Verhalten, Volkswirtschaftslehre, soziale Interaktion, Kommunikation, Ökonomie und Ökologie, Tanz und Reiten und Autofahren und Fechten stand ebenso auf der Tagesordnung, wie alle wichtigen Fremdsprachen, als da waren 5.

Und jede Art von –tie, –gie, –phie und –rie standen auf dem Plan. Das ‚ie' war offensichtlich wichtig.

Sie musste lernen zu wirtschaften und zu hauswirtschaften, sie musste lernen Menschen und Bedienstete zu führen. Und sie lernte und lernte und lernte den ganzen Tag.

Das war eine echte Prinzessin. So lernte sie eloquent die Quantentheorie zu relativieren.

Ebenso, wie sie die Bedeutung des Jahreszyklus anhand eines Sonnenblumenkerns erkundete, indem sie dessen Wachstum zusah und mit den Händen fühlte und spürte.

Indes unsere ‚Möchtegern – Prinzessin - Hexe' gar nichts machen musste. Sie wurde überall hin und hergefahren. Wenn sie dachte, sie wollte Ballett lernen, wurde sie flugs angemeldet und hingefahren. Und wenn ihr das dann zu anstrengend war und gar zu viel Disziplin gefordert wurde, dann wurde sie selbstverständlich sofort wieder abgeholt.

Wenn sie reiten wollte, wurde sie zum Stall gebracht und die Eltern schauten zu, dass ihr auch ja nichts passiere. Und wehe dem, das ungebührliche Pferd verlor das kleine Mädchen, dann wurde sie sofort getröstet und heimgefahren.

Und sie wurde persönlich in die Schule gebracht. Und wieder abgeholt. Am liebsten hätten die Eltern sie ins Klassenzimmer begleitet, aber - unglaublicher Weise - mochten die Lehrer dies nicht. Verstehe das, wer wolle.

Alles also, was das kleine Mädchen wollte, wurde gemacht. Denn sie war ja die Prinzessin, jedenfalls im Auge des Betrachters. In diesem Falle der liebenden Eltern.

So kam es, wie es kommen musste. Diese kleine Hexe wurde eine verzogene Göre. Durchhaltevermögen, Höflichkeit, Freundlichkeit ... waren böhmische Dörfer für sie. Obwohl sie nicht aus Böhmen war.

Und überhaupt.

Und:
Als Blag, wurde sie zum Balg, mutierte - verspätet - zu einem Wechselbalg und wurde gegen die echte Prinzessin ausgetauscht.

Für die echte Prinzessin waren das die ersten Ferien ihres Lebens. Das bisschen Schule machte sie mit links. Die Lehrer liebten sie, sie war immer aufmerksam und wusste Bescheid.

Selbst die Pferde im Stall liebten sie, nicht nur, weil sie sich immer mit einem Möhrchen nachher bedankte, sondern auch weil sie gut saß und anständig mit ihnen umging.

Sie hatte sogar die Zeit, sich mal im Schwimmbad auf das große bunte Badelaken zu legen oder mit ihren neuen Freundinnen Eis essen zu gehen. Und um nicht völlig aus dem Trott zu geraten, lernte sie nachts heimlich ihre Fächer weiter.

Sie sah in der Welt vieles Neues, Buntes, Interessantes, welches es zu lernen und zu erkunden gab. Ungeahntes z.B. für die Sinneswahrnehmung: Waldlehrpfade, Sinneswege, Heubetten.

Zu ihrer großen Freude gab es sooo viel zu entdecken.

Zum Beispiel Selbstverteidigung. Nicht nur sei es gut, sich zu wehren zu wissen, auch die dafür nötige Selbstdisziplin und Körperbeherrschung waren gut. So meldete sie sich - und ihre Freundinnen auch - zu Selbstverteidigungskursen an. Und sie wurden wahrhaft wehrhaft.

Die Eltern waren verblüfft, verwundert und entzückt. Waren ihre heimlich nächtens gesprochenen Gebete um Läuterung ihrer Tochter gar erfüllt worden? Nur in der tiefen Nacht und insgeheim hatten sie sich nämlich eingestanden, dass ihre Tochter ein klitzeklitzekleinesbisschen anstrengend geworden war.

Einmal, ja da übte sich die kleine Prinzessin tatsächlich in einem Trotzanfall. Als sie ihr Füßchen zart aufstampfte und wirklich sogar ein Wasserglas sacht zum Schwingen brachte, da lächelten ihre quasi-Eltern, wuschelten ihr die Haare und gaben ihr ein Küsschen. Damit war aller Trotz in Lächeln aufgegangen und entschwunden.

Unmerklich erzog die Prinzessin ihre Umwelt, ihre Ersatzeltern, ihre Freundinnen. Sie gewann durch ihre Höflichkeit und ihr gutes Benehmen und steckte damit alle an. Und so zogen neben guten Umgangsformen auch Anstand und Herzensbildung in die Welt hinein.

Unserer ‚Möchtegern – Prinzessin - Hexe' indes, der erging es nicht so gut. Tag und Nacht musste sie lernen. Wollte sie trotzen, wurde sie solange indigniert und unnachsichtig angeschaut, bis sie aufgab ihre Backen aufzublasen. Wenn sie garstig den Fuß aufstampfte, wurden ihr die Schuhe weggenommen. Barfuß war das Aufstampfen auf einmal nicht mehr so toll, geschweige denn wirkungsvoll. Wollte sie schreien, so hielten sich alle die Ohren zu, bis sie heiser aufgeben musste.

So wurden Trotz und schlechtes Benehmen nach und nach nachhaltig vertrieben und sie fügte sich in ihr neues Leben. Und es kam, wie es kommen musste: die kleine Hexe fing an zu lernen.

Die königlichen Eltern hatten in früher Jugend genügend Märchen gelesen, um ein Wechselbalg als einen solchen zu erkennen, schauten sich das Spektakel eine Weile lang an. Bis sie meinten, die kleine Hexe hätte genügend gelernt, um zu reifen.

Dann beteten sie – nicht einmal heimlich nachts, sondern am helllichten Tage – ihre Tochter zurückzubekommen. Und in der Tat – man muss sich gut überlegen, um was man Gott bittet, denn wie man hier sieht, erfüllt er manchmal die Gebete – bekamen sie ihre echte Prinzessin zurück.

Die kleine Hexe traf auf ein völlig anderes, neues, strikteres Umfeld, wollte auch gar keine Prinzessin mehr sein (nachdem sie am eigenen Leib erfahren hatte, wie anstrengend dies in Wirklichkeit ist), reifte und wurde bezaubernd.

Die echte Prinzessin reifte auch zu einer klugen, weisen Staatsmännin heran, die besonnen und umsichtig die Geschicke aller lenken konnte.

# Die Demokratie

Es war einmal eine Demokratie. Die war schon recht alt. Man sagt, sie sei weit, weit vor Christi Geburt in Athen geboren worden. Nach einigen erfolgreichen Jahrhunderten in Griechenland und später sogar im römischen Reich, wurde die Demokratie müde und ruhte sich ein bisschen aus. Einige (viele) Jahrhunderte und Königreiche später, erwachte sie mit frischem Mut und Tatendrang und machte sich auf, die Welt mehrheitlich zu erobern. Das gelang ihr gut. Und die Mehrheit war für sie.

Eine Weile (so einige Jahrzehnte) verlief alles prächtig und die Demokratie fasste allerorten Fuß. Sie war eine wahrhaft formidable Regierungsform und fußte auf dem souveränen Volk.

Indes sie aber einer Zeit entwachsen war, wo das eingebundene Volk nur wenige 10.000e darstellte, musste sie sich nun mit Millionen befassen. Millionen an Menschen mit unterschiedlichen Interessen, Wissensständen, Meinungen und überhaupt. Sehr verschiedene Millionen. So wurde es für die Demokratie immer schwieriger, zu handeln.

Eine Mehrheit für tragfähige Konzepte zu bekommen, wurde nahezu unmöglich.

Die einen wollten nach rechts, die anderen nach links. Ein paar meinten, grad durch die Mitte wäre gut. Und so ging es den lieben langen Tag.

Als die Demokratie eines Abends müde nach Hause ging, traf sie auf einen Schornsteinfeger. Der schüttelte ihr die Hand und sagte „das bringt Dir Glück". Das gefiel der Demokratie. ‚Ein bisschen Glück kann ja nie schaden' dachte sie bei sich. Und wollte sich bei dem Schornsteinfeger dafür bedanken, indem sie bei ihm ins Geschäft einzog.

Der Schornsteinfeger errichtete ein Mitbestimmungsportal, auf dem die Schornsteinbesitzer bei ihm mitbestimmen durften. Wann und mit welchen Mitteln gereinigt würde. Welche Straßenzüge zuerst, welche später gefegt würden. Wie das Dienstfahrzeug aussehen dürfte. Und, und, und.

Eine Weile ging alles gut. Dann aber wurde es kompliziert. Die Mitbestimmer redeten ihm in seine Arbeit hinein, obwohl sie doch gar keine Schornsteinfegerausbildung gemacht hatten. Sie waren sich über die Termine uneins. Es gab welche, die wollten, dass er Fahrrad fahren sollte. Es gab welche, die wollten lieber weißen Ruß, statt schwarzen. Und so ging es den lieben langen Tag. Schornsteinfeger und Demokratie rauften sich die Haare.

Wie konnte man nur die Mehrheit zu vernünftigem Handeln bringen?

Der Schornsteinfeger überlegte und dachte nach und überlegte. ‚Offensichtlich' dachte er bei sich ‚ist es nötig, den Mitbestimmern auch die notwendigen Hintergrundinformationen und das Wissen an die Hand zu geben, das benötigt wird, um eine gute Entscheidung treffen zu können'. Und machte sich auf, seinen Followern einzeln und im Detail zu erklären, was es mit dem Schornsteinfegen auf sich hätte, was man dafür lernen und wissen müsse. Und, und, und.

Jetzt waren alle im Bilde und wussten Bescheid. Aber nun ging es erst recht los. Die Leute meinten, sie würden ja jetzt keinen Schornsteinfeger mehr benötigen, da sie ja selber alles wüssten und könnten.

Schornsteinfeger und Demokratie rauften sich wiederum die Haare. Eine verzwickte Situation. Ein Teufelskreis. Wie da nur wieder herauskommen?

Die Demokratie ging in sich, nach neuen tragfähigen Lösungen zu suchen. Der Schornsteinfeger schloss sein Portal, zog ein paar Straßen weiter, um von dort aus kleinere Brötchen zu backen. Oder besser gesagte, kleinere Schornsteine zu fegen.

Unterdessen hatten sich klamm und heimlich in die mehrheitlich vom Volk regierten Ländern Cäsaren eingeschlichen. Die hatten beim alten Cäsar gelernt, wie man selbst und herrlich alleine regieren könnte. Und alles vereinnahmen könne. Und immer mehr und mehr bekommen könne.

Als Erstes nahmen sie die Meinungsfreiheit gefangen.

Dann beraubten sie die Presse um deren Freiheit.

Nur um sogleich das Sandmännchen zu kapern und dieses zu zwingen, den Leuten Sand in die Augen zu streuen.

Wo früher Demagogen mit wohlfeilen Worten und schönen, gesalbten Reden Menschen für sich eingenommen hatten, nutzen die Cäsaren im Heute, alle modernen Methoden der Manipulation um die Meinung zu beeinflussen. Populistisch polemisch polarisierten sie. Denn wenn man eines von den Cäsaren sagen konnte: schlau waren sie allemal.

Als Mutter Erde die guten Eigenschaften verteilte, hatten sie bei Gehirn, Durchsetzungsvermögen und Rücksichtslosigkeit zweimal angestanden, aber vergessen, Empathie, Verständnis für andere und Wohlwollen mitzunehmen.

Die Cäsaren sprossen wie Pilze aus dem Boden und – gelernt ist gelernt – nahmen sie Länder und Völker für sich ein. Nur eines störte ihr schönes selbst- und herrliches Regieren. Das waren die anderen Cäsaren. So kam es, wie es kommen musste: Die Cäsaren bekamen sich in die Wolle. Wollten sie doch alleine ansagen und nicht Rücksicht auf andere nehmen.

Und so kam es, wie es kommen musste. Die Wolle genügte nicht mehr, Krieg musste her. Und sie begannen sich zu bekriegen. Erst einmal im heimlichen Hinter- und Untergrund. Mit all den Methoden der Verfälschung, Wahrheitsverdrehung und Manipulation, die sie so gut beherrschten. (Herrschen war einfach ihres). Sie vernebelten ihre Aktionen geschickt.

Dann begannen sie mit scharfen Worten zu schießen und schlussendlich mit scharfen Waffen. Und ihre Waffen waren nicht nur mit scharfer Munition bestückt, sondern entwickelten sich zu gewaltigen Flächenzerstörern.

Das war im Großen und Ganzen für die Welt gar nicht gut.

Ganz und gar nicht gut.

Aber den Cäsaren egal. Hauptsache sie fanden es gut. Und das fanden sie.

Mutter Erde allerdings nicht. Sie empfand zunehmend Stiche auf ihrer Haut, mal Mückenstichen gleich, mal große Stiche, wie von Bremsen oder aggressiven Wespen. Und sie reagierte allergisch darauf. ‚Hm' seufzte sie ‚wie lästig. Das stört und juckt und tut weh. Ich brauche Linderung'. Und rief ihre beste Freundin, die gute Fee an.

Diese saß gerade in ihrer Kristallgrotte – sie hatte mehrere wunderschöne Refugien, die Mutter Erde ihr geschenkt hatte, eine Hütte oben am Berg, eine Insel mit Palmen, ein hübsches Iglu im Schnee und noch mehr – jetzt aber saß sie in ihrer wunderschönen Grotte, in der große Kristalle aufs allerfeinste glitzerten, Edelsteine schmeichelten, deren durchsichtige Transparenz von schimmernder Farbigkeit abgewechselt wurde (wenn Mutter Erde schenkt, dann aus dem Vollen), als ein Kristall leise klirrte. Mutter Erde rief an und schilderte der guten Fee ihr Dilemma.

„Es juckt mich schrecklich", klagte sie ihr Leid „ich reagiere allergisch und benötige Linderung. Ich habe zwar bereits Maßnahmen eingeleitet, die auch in längstens 10.000 Jahre wirken werden, maximal und allerhöchstens in 20.000 Jahren, keinesfalls später".

Mutter Erde dachte schon in sehr langen Zeiträumen. „Aber ich benötige eine kleine Soforthilfe".

Und die gute Fee machte sich auf den Weg, ihrer besten Freundin zu helfen. Sie verließ ihre Kristallgrotte – ungern zwar – und schaute sich die Welt gut an. Die Cäsaren. Die Menschen. Die Meinungsbildung. Die Politik, Demokratie, Königshäuser, Rechtsstaaten, Linksstaaten und einfach alles.

Und suchte daraufhin einen kleinen Jungen auf, der die Welt der PCs und Programme lebte und diese liebte. Sie schwang ihren Zauberstab dreimal um den Jungen herum und entschwand. Der Junge wusste gar nicht, wie ihm geschah. Ihm ward ein bisschen schwindelig. Als sich der Schwindel gelegt hatte, stand ihm eine Idee vor Augen. Kristallklar!

Und er setzt sich an seinen PC und fing an ein Programm zu entwerfen. Ein sehr Realitätsnahes. In 3D und HD. Spielerisch. Und aus diesem wurde ein Virtual Reality Game für Cäsaren.

Als er es fertiggestellt und veröffentlich hatte, zog dieses Spiel um die ganze Welt herum. Auf ihm stand in großen Sperrbuchstaben und in Rot „NUR FÜR CÄSAREN". Das lockte die Cäsaren an und die Möchtegern-Cäsaren und die potenziellen Cäsaren auch.

Ein Spiel, nur für sie. Und sie begannen zu spielen und verloren sich im Spiel. Und wenn sie im Spiel alles erobert hatten und weltweit herrschen konnten, so bekamen sie den Titel ‚Großer Alexander'.

Nur um festzustellen, das erobern leichter war als halten. Und dass schon andere Cäsaren auf dem Weg zur Welteroberung unterwegs waren. In sehr, seltenen Fällen wurde der Eine oder Andere dadurch geläutert. Aber einmal in dem Spiel gefangen, kam keiner mehr aus. So war wie von Zauberhand – besser gesagt, eigentlich wie von Zauberstab – die Welt von den Cäsaren befreit.

Da die Demokratie immer noch in sich gegangen war, ein neues besseres tragfähigeres Konzept zu generieren, entstand eine Lücke.

Die Fee zog herum und schaute, wer die Lücke wohl füllen könne.

Und wir erinnern uns an die kleine Prinzessin? Aus der eine gar prächtige, kluge und weise Staatsmännin geworden war? Sie übernahm und regierte vorausschauend, zukunftsorientiert, umweltbewusst und hatte ein gutes Ohr, für die Nöte der Menschen. Und wo die Nöte der Menschen und die Nöte der Natur aufeinander prallten, schaffte sie es, den Menschen den Ernst der Lage zu vermitteln und so das Richtige zu tun.

Aber es war nur eine Prinzessin. Und soooo viel Welt.

Also suchte die Prinzessin andere Prinzessinnen und auch ein paar (wenige) Prinzen und andere, gute Menschen und vermittelte ihnen, was sie alles gelernt hatte. Wie das Wertesystem sein solle und wie gewertet werden könne.

Wie man oder besser gesagt Frau, umsichtig die Weltge-schicke lenken könne.

So wurde ihre Regierungsform nachhaltig und zumindest für die heutigen Generationen stabil.

Was die nahe Zukunft bringt, dass allerdings wissen wir nicht.

Aber Mutter Erde arbeitet ja an einer Lösung, die in längs-tens 10.000 Jahren oder in allerhöchstens 20.000 Jahren fertig sein wird.

# Zahlen bitte

Es war einmal ein Wesen, welches Zahlen liebte. Große, kleine, runde, geteilte, glatte. Jegliche Zahlen waren wie Musik in seinen Ohren. Die Gleichungen waren von einer schlichten Schönheit, die sein Herz begeisterten. Wie die Zahlen in den Gleichungen zusammenstanden, trotz der Unterschiede im Gleich. Oder wie sie getrennt waren oder gar geteilt wurden. Immer kam etwas heraus, was bedeutungsvoll war.

Und so verliebte sich das Wesen in die Welt der Zahlen. Die schlichte Arithmetik erfreute seinen Verstand, die komplexere, vielgestaltige Geometrie in ihren Formen seine Augen. Und erst Nullen und Einser, wie binär die doch waren, wie deutlich in ihrer Aussage.

Und er verlor sich in den Zahlen.

Und gewann einen Freund. Excel hieß der. Ein echter Teufelskerl.

Und je mehr das Wesen in Zahlen lebte, dachte, arbeitete, rechnete, desto mehr bot ihm sein Freund. Möglichkeiten die Zahlen in Gruppen zu stecken. Verknüpfungen herzustellen. Ungeahntes tat sich auf. Pfade ließen sich verfolgen. Seine wunderhübschen Zahlen in den allerschönsten Formaten darstellen. Und Formeln gab es. Oh diese schönen Formeln. Alles ließ sich in Beziehung setzen. Die Zahlen, die Gleichungen in Formeln, in Farben. Und hui, wie prächtig die

Zahlen in den Tabellen aussahen. In Zeilen und Spalten. Und sogar in Bilder konnte er sie bringen. Zeigen, wie er sie sah.

Und ganz besonders liebte das Wesen Zahlen mit ganz vielen Nullen. Vor dem Komma. Die waren vielleicht schön. So glatt. Und so groß. Und mächtig. Oh, was waren die schön.

Was er jedoch nicht mochte, waren rote Zahlen. Schwarz mussten sie sein. Und groß. Ja, so liebte das Wesen seine Zahlen.

Und er stellte sie immer wieder neu dar. Denn immer, wenn er einen Weg gefunden, hatte die Zahlen in einer richtigen und wichtigen Form zu berechnen, betrachtete er sie zwar stolz, aber, wie er noch schaute – zufrieden mit sich und seinem Freund, dem Excel – fing sein Verstand an neu und noch schärfer zu kalkulieren. Könnten sie denn nicht vielleicht anders gerechnet werden, anders dargestellt und gruppiert, wären sie dann vielleicht noch schöner und schwärzer und mit noch mehr Nullen?

Und er begann aufs Neue. Immer wieder und wieder. Und gewann zwei neue Freunde. Freundinnen um genau zu sein. Denn genau war das Wesen ja. Die beiden Schwestern Abendstunden fanden ihn - die frühe und die späte Abendstunde - und begleiteten ihn fortan.

Und damit ihn kein anderer stören würde, sperrte er das Draußen aus. Das Fenster war zu. Das Rollo unten. Nur die Abendstunden und Excel und seine wunderschönen schwarzen Zahlen. Kein Licht sollte auf seinen Freund Excel fallen und ihn ablenken. Das sanfte Schimmern des Bildschirms war ihm genug. Und natürlich seine schimmernden Zahlen in Tabellenform.

Eines Tages – wir wissen nicht so recht, ob Tags oder abends, es war ja schließlich das Rollo unten – verwarf das Wesen einen Zahlenentwurf und warf diesen in den Papierkorb. Jedenfalls wollte er das – oder auch nicht, denn genaugenommen wollte es ja nicht für den Papierkorb arbeiten. Der Entwurf landete also neben dem Papierkorb und das Wesen hob ihn auf, damit er schlussendlich dort hineinkam. Schmerzlich, schmerzlich.

Im Papierkorb aber befand sich eine Zeitung. Das Wesen sah, dass auf dem Titelblatt groß Zahlen standen. Seine Zahlen. In Sperrbuchstaben standen in großen schwarzen Lettern einige seiner Zahlen. Da stand z. B.: Optimierung x%. Produktivität y%. Einsparungen Z%. Er erkannte sie sofort wieder.

Stolz war das Wesen, seine Zahlen – schön und schwarz – standen da, in diesen großen Lettern, in den Schlagzeilen. Weiter unten im Text wurden allerdings Zusammenhänge aufgezeigt, die das Wesen so nicht gesehen hatte, da stand etwas von Standortschließungen, Produktivitätsprogrammen, die zu Entlassungen führten und noch mehr.

Das missfiel dem Wesen. Schließlich hatte er doch alles so schön gerechnet. Und außerdem war es ja auch keine Zahlenspielerei gewesen.

Oder?

Und er fand den Zusammenhang, der dort abgebildet war, seiner Zahlen unwürdig und warf die Zeitung wieder in den Papierkorb zurück. Mitsamt seines letzten Entwurfes. Und machte sich sodann wieder daran, neu und noch schärfer zu rechnen.

Eines Abends jedoch, die beiden Schwestern waren leise gegangen, kam die Mitternacht hinein. Auf dunklen Schwingen kam sie näher, schaute und sinnierte, es sei doch an der Zeit für etwas Dunkelheit. Sie kam, sah und besiegte den Stecker, den sie zog. Und alles wurde dunkel. Samtige Schwärze umhüllte das Wesen und es wurde müde und schlief ein. Tief und fest, obschon nicht sehr bequem.

Am nächsten Morgen wachte es auf. Und fühlte sich seltsam. Ein wenig krumm und schief. Und irgendwie ein bisschen leer? Der Bildschirm war aus. Es war trüb im Raum, das Wesen zog das Rollo hoch und öffnete das Fenster.

Um dem Leben zu begegnen. Denn dieses stand vor seinem Fenster, geduldig darauf wartend, dass das Wesen einmal von seinen Zahlen aufsähe und seinen Freund Excel sein ließe. Denn auch das Leben war Programm.

Und das Wesen sah das Leben. Direkt vor seinem Fenster. Wie es toste. Und strömte. Und in den Zeitenströmen floss. Direkt vor ihm. Lebendig. Er hatte es so noch nie gesehen. Auch in dem Leben gab es Struktur und Einzigartigkeit – den Primzahlen gleich und eine Menge an Vielfalt, fast wie die Menge an Zahlen, die es bislang gesehen hatte. So viel.

Und auch wenn es Gleichungen gab, nichts glich sich. Und das Wesen erkannte, dass sich nicht alles in Zahlen darstellen ließ. Auch wenn die Schönheit und Schlichtheit und Aussagekraft der Zahlen bedeutend waren, so gab es doch noch so viel mehr. Trotzdem, Zahlen waren einfach sein Leben.

Es sah das Leben an und das Leben sah es an.

Und das dauert einige Zeit.

Und immer noch schaute das Leben das Wesen an und das Wesen schaute zurück. „Was willst Du denn vom Leben?" fragte das Leben. Und das Wesen sprach zum Leben: „Zahlen sind mein Leben. Zahlen bitte."

Und es bekam die Rechnung.

# Der gepunktete Kater

Es war einmal eine Katze. Genaugenommen ein Kater. Dieser Kater wuchs bei 101 Dalmatinern auf. Und dieses ‚Dalmatiner sein‘ steckte an. So ansteckend war das Ganze, dass der Kater weiß war und schöne, schwarze Tupfen hatte. Man hätte ihn – wäre er ein Pferd – gewiss kleinen Onkel genannt. Aber das ist zu arg. Ein Kater, der bei 101 Dalmatinern lebte, sich als Hund wähnt und einen Pferdenamen hat?

So nannte man ihn also den gepunkteten Kater (nicht zu verwechseln mit dem gestiefelten Kater).

Und da er keinen Spiegel hatte, dachte er, er wäre ein Hund. So ansteckend war das.

Aber wie oft und wie laut er auch wuffte und bellte, es kam immer so eine Art Miau heraus. Das fand der Kater etwas seltsam. Es klang anders, als bei seinen 101 Freuden. Also übte er fleißig.

Bis er eines schönen Abends – es war früher Abend – eine graue Katze traf. Es war noch nicht einmal Nacht und trotzdem war die Katze grau. Aber sie war so wunderschön grau, in so vielen Schattierungen – ja quasi in 50 shades of grey – dass sich der gepunktete Kater auf der Stelle in die Katze verliebte.

Der gepunktete Kater wuffte sie an und rätselhafter weise, sie verstand ihn. Doch sie war zurückhaltend. „Auch wenn ich grau bin und es bald Nacht wird, so bin ich doch nicht für jeden". Und es entspann sich ein katzenmäßiges Blickduell. Die beiden starrten sich an. Der gepunktete Kater robbte flach am Boden langsam, Zentimeter um Zentimeter näher. Die graue Katze saß – Statuetten gleich – und schaute. Und peitschte mit ihrem Schwanz: rechts - links - rechts - links.

‚Oh', dachte der Kater, ‚wie schön, sie wedelt mit dem Schwanz. Sie freut sich'. Und richtete sich auf, um die Katze frohgemut zu begrüßen. Die graue Katze hob die Pfote, gleich als wolle sie ihn ebenfalls begrüßen und hieb ihm die Pfote mit einem Wusch mitten ins Gesicht.

Der Kater schüttelte sich erstaunt, vielleicht sogar etwas entsetzt. Legte den Kopf schief und schaute die Katze an. ‚Was habe ich bloß falsch gemacht' fragte er sich. Seine Liebe spontan abgekühlt, zog er sich zurück, fest darauf bedacht seine Würde zu bewahren.

‚Ich glaube, ich lerne zuerst einmal Fremdsprachen' dachte er bei sich ‚die Kommunikation mit fremden Rassen scheint keine einfache zu sein'.

Und ging zurück, zu seinen 101 Dalmatinern, glücklich wieder unter seinesgleichen zu sein.

Wuff.

# Die 7 Höllen und die 72 Jungfrauen

Der liebe Gott hatte Töchter bekommen und nannte sie alle Religion. Zwei der Älteren waren Zwillinge und wie das häufig unter Geschwistern ist, zankten und stritten sie sich oft. Und sie wurden größer. Und zankten sich. Und vertrugen sich.

Als sie in die Pubertät kamen, wurde es gar fürchterlich. Der liebe Gott raufte sich die Haare, denn darauf war er nicht vorbereitet. Pubertierende Mädchen!

Die beiden Schwestern schauten sich um in der Welt und entdeckten die Jungs. Und sammelten diese um sich. Und stritten sich und zankten sich und guckten, wer die meisten Jungs um sich herum versammelt hatte. Ihre größte Freude war, sich gegenseitig die Zimmer zu verwüsten. Dafür stifteten sie ihre Anhänger an, ihre männliche Gefolgschaft, denn mit Mädels hatten sie nicht viel am Hut.

Die eine wurde eitel und ließ sich die prächtigsten Gewänder anfertigen. Sie ließ ihre Botschaft um die Welt tragen, in jeden Winkel und auch in die neuen Welten.

Die andere dagegen war fürsorglich und sorgte dafür, dass ihre Anhänger gesund lebten, sich regelmäßig wuschen und nur gesunde, unverdorbene Nahrung zu sich nahmen. Und durch Fasten Seele und Körper läuterten. Und, dass die

Frauen behütet und beschützt würden, denn sie wähnte, sie seien schwächer und daher mit besonderer Fürsorge zu bedenken.

Die Eine versprach den ihren: „wenn ihr Gutes tut, kommt ihr in der Nachwelt in das Paradies und bekommt eine Jungfrau".

Die Andere hingegen drohte: „wenn ihr sündigt, so müsst ihr Buße leisten oder in der Hölle schmoren".

Und die Anhänger trugen diese Botschaft in die Welt. Da sie sehr verliebt waren in ihre Religion (und ein bisschen auch in sich selber) schauten sie andere Frauen nicht an und verteilten die Botschaft an andere Männer.

Die Männer legten diese aber ein kleines bisschen nach ihrem Gusto aus. Es war nicht alles genauso, wie die Schwestern Religionen es eigentlich gesagt hatten, sondern ausgeschmückt mit ihren eigenen Ideen, wurde die Botschaft in die Welt getragen. So z. B. sagte der eine „wenn ihr Ablass leistet, monetären Ablass, den ihr mir bitte persönlich übergebt, dann seien Eure Sünden verziehen". Da grollte der liebe Gott ein bisschen und es dauerte nur eine kleine Weile, diese Worte wieder zurückzunehmen. Denn die Verzeihung lag in Gottes Händen, nicht in ihren. Und außerdem hatte Gott mit seinem Bruder, dem Teufel, dazu ein klares Abkommen. Je nach Lebensart und Taten kamen die Menschen in der

Nachwelt entweder in den Himmel oder in eine der 7 Höllen. Und manchmal ins Dazwischen, zu Mutter Erde, je nachdem.

Und so entwickelten sich die beiden Schwestern, wurden älter, reiften und hatten ihre zumeist männliche Gefolgschaft.

Es kam, wie es kommen musste, die beiden entwickelten sich auseinander. Obwohl sie ja eigentlich die gleichen Gene hatten und auch gleich aufgezogen waren, so hatten sie - wie das auch unter Zwillingen vorkommen kann - verschiedene Wege eingeschlagen.

Die Anhänger der einen fingen an, selbstgerecht zu werden und wurden neidisch auf das Wissen der Kräuterweiblein und der weisen Frauen, die in Mutter Natur lebten. Sie fingen an, diese zu verleumden und zu verfolgen und zu foltern und sogar zu verbrennen.

Darob wurde Mutter Natur traurig und beklagte sich beim lieben Gott. „Lieber Gott" hub sie an „wieso lässt Du zu, dass die Männer Deiner Tochter solch verwerfliche, frevelhafte Taten tun dürfen? Wieso dürfen sie meine Frauen verfolgen und gar töten?" Der liebe Gott war verwundert, er hatte doch nur mal ganz kurz weggeschaut und schickte Vernunft und Wissen hinunter, auf dass dieses schändliche Tun aufhöre.

Er zitierte seine Tochter zu sich, ihr die Leviten zu lesen.

Diese wurde ganz still und nachdenklich. In ihrer Selbstbewunderung und im Spiegel der Anbetung ihrer Anhänger, hatte auch sie nicht genau hingeschaut. Eigentlich war ihr Ansatz ursprünglich ja mal ein anderer gewesen. Auch wenn sie gerne mit ihrer Schwester gestritten hatte und es ihnen Spaß gemacht hatte, ihre Zimmer gegenseitig zu plündern, so war dies doch eher eine Jugendsünde gewesen und sie beide darüber hinausgewachsen.

Wo also kamen plötzlich die ganzen ‚Selbst' her? Die Selbstliebe und Selbstsucht. Und die Selbstgerechtigkeit und Selbstgefälligkeit? Und gar die Selbstherrlichkeit und die Selbstbedienung? Und die Selbstjustiz gegen Kräuterweiblein und weise Frauen? Die hatte doch gewiss nicht auf ihrer Agenda gestanden. Sie schüttelte verwundert den Kopf.

Und sie ging in sich. Und dachte das erste Mal seit Langem selbstständig nach. Und entschied das ‚Selbst' umzuwidmen und es mit einem –los, einem gewissen –verständnis und etwas –genügsamkeit zu kombinieren. Und schickte ihre neue Botschaft hinaus.

Gemeinsam mit dem größeren Wissen vom lieben Gott und etwas mehr Vernunft, dauerte es auch nur ganz kurz, nur wenige Jahrhunderte. Und die Anhänger ihrer Religion änderten sich, wurden offener, selbstloser. Derweil die 7te und tiefste Hölle mit all denen gefüllt wurde, die die Verfolgung angeordnet oder ausgeführt hatten. Und dort durften sie am eigenen Leib erfahren, wie schmerzhaft und unschön so ein

Höllenfeuer ist. Auch die, die durch Neid und Missgunst verleumdet und andere fälschlich allerlei bezichtigt hatten, kamen hinunter.

Aber auch die Männer der anderen Religions-Schwester, legten ihre eigenen Ideen und Wünsche in die Botschaft mit hinein. So versprachen sie unter anderem ihrer männlichen Gefolgschaft im Nachher 72 Jungfrauen. Darüber schmunzelte der liebe Gott ein bisschen, denn es war ja schon so, dass Männer meistens schon mit einer Frau ihre Schwierigkeiten hatten, was also sollten sie dann mit 72 Jungfrauen?

Die Männer dieser Religion stifteten andere an, in ihrem Namen an den Männern der Schwester Religion schändliche Taten zu verüben - die genaugenommen nicht einmal ansatzweise mit ihrer Religion vereinbar waren - und erklärten, dass diese Sünden gerecht seien und sie dafür in der Nachwelt die 72 Jungfrauen erhalten würden.

Hierüber verlor der liebe Gott sein Schmunzeln, denn für Sünden wurde ein jeder, der von ihm keine Verzeihung erhalten hatte, in eine der 7 Höllen geschickt. Sein Bruder der Teufel und er hatten in der Vergangenheit wohl schon die eine oder andere Differenz gehabt, sich aber geeinigt. Sodass ein jeder seiner ureigenen Lebensweise entsprechend, in dem ihm genehmen Lebensraum wirken konnte, ohne sich gegenseitig in die Quere zu kommen.

Der Teufel mochte seine 7 Höllen, die waren so schön höllenwarm und kuschlig steinig. Der liebe Gott hingegen liebte die klare Transparenz des Himmels. Und je nachdem, wie die Menschen lebten, kamen sie im Nachher hierhin oder dorthin. Manchmal auch erst dorthin, um später in das Hierhin zu gelangen.

Einmal besuchte die Religion ihren Onkel in der 2ten Hölle. Die war moderat gewärmt und barg noch eine gewisse Heimeligkeit. „Onkel", fragte sie den Teufel, „warum mischst Du eigentlich auf der Erde nicht mit?"

„Oh meine Liebe" lächelte der Teufel maliziös, mit einem gewissen Glimmen in den Augen, „das ist doch völlig unnötig. Das schafft ihr ganz alleine, ohne mein Zutun. Völlig unnötig, dass ich interveniere. Im Gegenteil!"

Denn es war so, dass schlechte, ungute und böse Taten – auch und selbst wenn sie im Namen der Religion ausgeübt worden waren – einen direkten Weg in die Höllen darstellten. Je schlimmer, desto tiefer.

Irgendwie war dieser Aspekt in den ganzen Überlieferungen und Auslegungen verlorengegangen. Wenn das mal nicht passiert wäre!

# Der Teufel steckt im Detail

Es war einmal ein Detail. Das war klein und filigran und sehr detailliert. So war das Detail.

Und es gab derer Details viele, um dann in Summe ein Ganzes zu ergeben. Nicht wie bei einem Paar, welches oft mehr als die Summe darstellt, sondern eben ein Ganzes.

Und in einem dieser Details steckte der Teufel.

Er war dort verborgen, klein und teuflisch und sorgte dafür, dass die Details zusammen, noch nicht einmal ein Ganzes sein konnten.

Weil auch Kleinigkeiten das Große und Ganze verändern können.

# Der Teufel und die Midlifecrisis

Eines schönen Tages saß der Teufel zufrieden in der 3. Hölle und freute sich, dass es so schön warm war. Und die spitzen Steine massierten auf wohligste Weise Beine und Gesäß. Alles war gut und friedlich und aufs Angenehmste, als es plötzlich an der Tür klopfte. Der Teufel wunderte sich, ‚wer mag mich denn wohl freiwillig besuchen‘?

Vor der Tür stand die Midlifecrisis. Kaum hatte er aufgemacht, stand sie auch schon vor ihm und fing an „Bist Du denn zufrieden mit dem, was Du tust? Ist es nicht langweilig? Ist doch immer das Gleiche. So ein Einerlei. Und dieses Hamsterrad. Wo ist die Herausforderung? Wo das Neue? Und schau Dich an, wie Du aussiehst. Hast Du da einen Ring in der Mitte? Und ……..".

Entsetzt schob der Teufel die Midlifecrisis schnell wieder vor die Tür und verschloss diese ganz fest.

Aber der Redeschwall hing noch in der Luft und waberte über dem Teufel. Einige Wortfetzen lösten sich daraus und schlichen sich heimlich, still und leise durch die Ohren ins Gehirn und setzten sich dort fest: ‚Langeweile‘ und ‚Einerlei‘ und ‚Hamsterrad‘ und ‚war es das wohl schon gewesen?‘ und noch mehr.

Und diese kleinen Störenfriede machten es sich zur Freude, immer wieder im Bewusstsein aufzutauchen, um dann schnell wieder zu verschwinden.

Der Teufel saß auf seinen schön spitzen Steinen und war irgendwie ein kleines bisschen unzufrieden. ‚Wo kommen denn diese Gedanken nur her' grübelte er. Und grübelte und grübelte und mumpfelte. Wenn man genau hinsah, schmollte er sogar ein bisschen: ‚Ein Ring um die Mitte, hmmppff'.

‚Ach zum Teufel damit', dachte er zu sich selber. Nahm eine Flasche des feinsten, rauchigsten Whiskeys mit mildem Feuer und machte sich auf, seinen Bruder zu besuchen.

Auf der Wolke Nummer 7 fand er denselben. „Du lieber Gott" hub er an „wir haben uns zu lange nicht mehr gesehen. Lass uns reden und ein feines Tröpfchen trinken. Habe extra meinen Lieblings-Whiskey mitgenommen".

Der liebe Gott war sichtlich erfreut, seinen Bruder mal wieder zu sehen und holte gleich den Götternektar hervor. „Hier probiere diesen mal, der ist der allerfeinste Stoff. Zarte Süße, ölig und samtig im Abgang. Einfach deliziös".

Die beiden machten es sich auf der watteweichen Wolke gemütlich. Der Teufel schenkte sich ein Gläschen ein und nahm einen Schluck, nur um diesen sogleich auszuspucken. Direkt hinunter auf die Erde. (So kamen die Blumen zu ihrem Nektar). „Oh, ist das ja ein pappertsüßes Zeug. Das kriege ich nicht hinunter".

Indes der liebe Gott sich daran machte, den Whiskey zu probieren. Er war deutlich höflicher und verzog nur geringfügig die Miene, als sich der Whiskey den Weg durch die

Kehle herunterbrannte. Ganz leicht nach Luft schnappend, nahm er sogleich seinen Götternektar (zum Nachspülen).

Die beiden waren sich einig. Jeder blieb bei seinem Lieblingsgetränk.

So hingen die Beiden auf der Wolke ab, einträchtig schweigend Whiskey und Götternektar nippend, sinnierten sie vor sich hin. Der Himmel zeigte sich in seinem allerallertiefsten Blau, die letzten gelbrotorangenen Töne des Sonnenuntergangs zauberten noch ein letztes Farbenspiel, bevor das Blau den Himmel komplett übernahm. Und immer dunkler und dunkler wurde. Myriaden von Sternen funkelten. Die Sonne strahlte – schräg an der Erde vorbei - den Mond an.

Und die beiden saßen da einträchtig nebeneinander und genossen die Ruhe und die kleinen Schlückchen.

Am nächsten Morgen wachte der Teufel auf und war ganz zerschlagen. Diese kuschlige Wolke ließ seinen Rücken schmerzen und der Kopf tat auch ein wenig weh. Die Whiskeyflasche war leer. Der liebe Gott war sogar etwas grün im Gesicht und auch sein Halo hatte statt seines üblicherweise güldenen Lichtes mit diamantenem Schimmer, einen kleinen Grünstich und hing etwas traurig herunter.

„Autsch" seufzte der liebe Gott. „Das hatte ich ja eine Ewigkeit nimmer" tauchte in sich, nahm den Schalter „alles wird gut" und legte diesen um. „Viel, viel besser" lächelte er erleichtert. „Aber was verschafft mir eigentlich, die Ehre Deines Besuches lieber Bruder?".

Der Teufel fing an zu erzählen, was ihm da widerfahren war. Als er sich über den Mittleren Ring beklagte, schaute ihn der liebe Gott verwundert an „aber Du hast doch auch Deine inneren Schalter?". Und tatsächlich, durch den ganzen Sermon, den die Midlifecrisis über ihn ergossen hatte, hatte er diese ganz vergessen. Er ging in sich, suchte den Schalter ‚der Teufel in Person' - tatsächlich war dieser etwas verschoben - stellte ihn wieder auf seine korrekte Stellung und schwuppdiwupp, sah er wieder teuflisch gut aus.

„Viel, viel besser" seufzte nun auch er erleichtert. „Aber was soll ich nun gegen oder mit diesen störenden Gedanken tun? Sie nerven entsetzlich. Und es ist wirklich langweilig geworden. Meine 7 Höllen füllen sich ganz ohne mein Zutun".

Der liebe Gott dachte nach. „Was wenn wir einmal Jobrotation machen? Die Menschen machen dieses manchmal, tauschen Aufgaben, um neue Blickwinkel zu bekommen. Was würdest Du denn an meiner Stelle tun?".

Diese Idee gefiel dem Teufel über alle Maßen: „Ich würde mehr Vulkane ausbrechen lassen, die Kontinentalverschiebung verstärken, ein paar warme Feuerchen entzünden". Der Teufel schwelgte in all diesen feurigen Ideen. „Na ja", erwiderte der liebe Gott. „Da würde Mutter Erde aber nicht glücklich sein, wenn Du ihr so ins Handwerk pfuschst. Lass Dir mal was anderes einfallen".

„Diese watteweichen Wolken sind zu flauschig. Vielleicht würde ich sie mit ein paar schönen spitzen Steinen verkleiden?"

„Auch das ist nicht die allerbeste Idee" grummelte der liebe Gott „was wird dann mit meinen Schäfchenwolken? Und was, wenn die Wolken zu schwer werden und es Backsteine auf die Erde regnet?"

„Na gut, dann würde ich halt die Harfen gegen E-Gitarren austauschen und fetzige Heavy Metal Konzerte im Himmel abhalten lassen".

Hier schluckte der liebe Gott sichtlich. „Auch das geht ja mal überhaupt nicht. Und wenn man dann die Posaunen von Jericho nicht mehr hört?"

„Ach menno. Du bist eine Spaßbremse" antwortete der Teufel. „Wenn Dir das alles nicht gefällt, wie würdest Du denn die 7 Höllen an meiner Stelle führen?".

„Ich?" erklärte der liebe Gott „ich würde ein bisschen Wolke mit hinunternehmen, damit es nicht so hart ist, Ruhezeiten einführen, damit die armen Seelen nicht unentwegt Tantalusqualen erleiden müssen, eine Klimaanlage installieren, damit es nicht so warm ist." Der liebe Gott war schon ein sehr Mitfühlender.

„Oh nee, das geht ja gar nicht", entgegnete der Teufel. „Das widerspricht ja völlig dem Sinn der Hölle. Ich glaube, diese Idee mit dem Tausch ist nicht soooo besonders gut. Schuster, bleib bei deinem Leisten. Oder besser gesagt, lieber Gott bleib im Himmel und ich fahr zur Hölle".

„Aber was soll ich denn tun?" jammerte der Teufel sogleich wieder weiter, „mir ist soooo laaaangweilig."

„Nimm Dir doch eine Frau" schlug sein Bruder vor. Der Teufel war entsetzt. „Nein, auf gar keinen Fall. Die dekoriert nachher meine Höllen und räumt dann alles auf. Wohl möglich mir noch die Steine aus dem Weg?".

Jetzt musste der liebe Gott ganz arg nachdenken. Alle seine Vorschläge schienen nicht opportun zu sein. Was nun?

Er guckte auf die Erde, was denn dort wohl die Männer in der Midlifecrisis so tun. Jede Menge Sport. Sich eine Geliebte nehmen. Und dicke Schlitten fahren. Und anderes.

„Heureka! Ich habe die Lösung: Ich schenke Dir einen dicken Schlitten mit ganz viel PS. Das scheint ein probates Mittel zu sein." Er schnippte mit den Fingern und ein toller Schlitten, gezogen von 450 der aller prächtigsten, feurigsten Rappen stand vor Ihnen.

Da lachte der Teufel. Schwang sich auf den Schlitten und hui ging die Post ab. Die 450 Pferde zu lenken, war nicht so einfach, vor allem in den Kurven wollten sie gerne aus der Bahn geraten.  Und wie sie anzogen, einfach wunderbar. Der Teufel sauste mit seinem Schlitten durch den Himmel, durch die Wolken, durch das naheliegende All und freute sich. Wenn man genau hinsieht, dann sieht man ihn nachts manchmal als Lichtpunkt am Himmel.

Man sagt, das wären Sternschnuppen. Sind es manchmal auch, aber zumeist ist es der Teufel, der grad richtig Gas gibt, sodass die Funken sprühen.

Und damit sich die Höllen nicht noch so viel mehr füllen, derweil der Teufel sich austobt, zitierte der liebe Gott seine Töchter, die Religionen zu sich und empfahl ihnen – eindringlich – das Prinzip der 7 Höllen wieder stärker in ihre Botschaften aufzunehmen, auf dass die Menschen sich der Konsequenzen ihres Tuns deutlicher bewusst werden.

# Der kleine Preis

Es war einmal ein kleiner Preis – schön gerundet – stand er stolz da und war sich seines Wertes bewusst.

Viele Produkte mochten den kleinen Preis und er durfte sie bepreisen und auszeichnen. Und er war Preis für vielerlei Dinge.

Aber das Leben bestand ja nicht nur aus Preisen. Nein, es gab auch Prozente und derer gab es viele. Und sie kamen in vielen Gewändern daher. 20 % im Schlussverkauf, 50 % Räumungsverkauf, 10 % Sommerschlussverkauf, 19 % Winterschlussverkauf, 30 % Jubiläumsverkauf. Zu jeder Art von Verkauf, kamen die Prozente dazu.

Und die Prozente arbeiteten an dem kleinen Preis, sie beschnitten ihn, sie versuchten ihn zu stürzen und versuchten ihn klein und kleiner zu machen. Und versuchten ihn preisgünstig zu machen.

Besonders stolz war er auf sein ..,99.

Damit war er ein bisschen kleiner, um den Prozenten zu genügen, aber immer noch groß genug, um seinen Wert zu behalten.

Aber die Prozente waren hartnäckig.

So gab er mal von ..,99 auf ..,59 und sogar auf ..,29 nach. Ganz schlimm wurde es gar mit ..,09.

Schlimme Zeiten waren das.

Und der Preis war unglücklich darüber. War er denn nicht wertvoll? Hatte er denn nicht eine Qualität innewohnen, die auch ihren Preis wert war?

Und er beugte sich und schlüpfte unter Preisschwellen hindurch und sprang mal hoch und runter. Immer auf der Suche nach einem Platz, wo er vollwertig sein durfte und seinen Preis behaupten konnte.

Eines schönen Tages war der Preis ganz besonders stolz. Endlich hatte er es einmal geschafft, sich durchzusetzen. Und er stand dort, sich seines vollen Preises bewusst und freute sich.

Bis Ein-Käufer daherkam. Und wie schon die Prozente zuvor, versuchte auch der Ein-Käufer den Preis zu knacken und zu drücken. Und er verhandelte hier und schnitzte dort an dem Preis herum und versuchte ebenfalls den Preis klein zu machen.

Und der Preis war wieder höchst unglücklich, denn er war ja schon klein. ‚Wie klein‘ dachte er sich ‚muss ich denn noch werden, um hier in dieser Welt bestehen zu dürfen‘?

Und der Ein-Käufer verhandelte mit dem kleinen Preis und erzählte ihm was von Globalisierung und von der Welt. Und von dem Wettbewerb, in dem er stünde, mit den anderen Preisen, wo er sich behaupten müsse, um bei diesen anderen Preisen mithalten zu können, in dieser globalen Welt.

Und davon, dass der Preis sparen müsse und dass der Einkauf Einsparungen bringen müsse, die alle zulasten des kleinen Preises gehen würden, wenn er sich in dieser Welt behaupten wolle.

Dem kleinen Preis wurde ganz weh ums Herz. Er war doch schon soooo klein! So viele hatten ihn heruntergehandelt und an ihm gefeilt. ‚Wo soll das noch hingehen' fragte er sich verzweifelt. ‚Kann ich da preislich mithalten'?

Und er schwankte. Und schwankte.

Grad als er zu stürzen drohte, raffte er sich preisbewusst auf.

Und er dachte, ‚diesem Preisverfall werde ich entgegenhalten'. Und zog in den Preiskrieg und als Erstes eine Preisgrenze. Dann zog er alle Kassenregister seines Könnens. Er rechnete preiswert mit einem Preisfaktor. Elastisch kalkulierte er den Preisunterschied und mit einer gewieften Preisgestaltung zeigte er seinen Preisvorteil dem Ein-Käufer auf, sodass dieser einsichtig wurde und der Preis mit einer Erhöhung den Zuschlag bekam.

Und endlich war der kleine Preis wieder ein ganzer, gut gerundeter Preis.

Bis zur nächsten Verhandlungsrunde, jedenfalls.

# Honeymoon

Der goldgelbe Honigmond hängt warm leuchtend am Firmament? Weit gefehlt. Es ist gar kein Mond!

Aus sicheren Quellen erfahren: es ist eines der sprühendsten, bezauberndsten Geschöpfe dieser Welt. Und es hängt auch nicht. Es lungert in den Welten und Universen, wartend, dass sein bester Freund Amor einen seiner Pfeile verschießt. Um diesem dann geschwind folgen zu können.

Und wenn der Pfeil gar trifft, dann ist der Honeymoon zur Stelle.

Oft muss er nur kurz warten, um dann in einer wahren Lichtersymphonie, rosarot, Herzen und Sterne sprühend, an den meist schönsten Plätzen der Welt, die beiden tief Getroffenen zu verzaubern.

Allerdings: es ist auch eines der kurzlebigsten Wesen, wenn auch keine Eintagsfliege.

Und nach einer letzten Fontäne der Glücksmomente, verglüht er sanft.

Wohl dem, der die Erinnerung daran im Herzen behalten kann.

# Die Anonymität und Familie Jedermann

Eines schönen Tages traf die Anonymität Herrn Jedermann im Park. Die beiden saßen einträchtig nebeneinander auf der Parkbank und kamen ins Plaudern. Nach einer Weile hub Herr Jedermann an, zu klagen „ach, ich bin so unzufrieden mit mir."

Die Anonymität war verwundert „warum denn nur?"

„Wir sind so durchschnittlich, meine Frau Irgendwer und meine Buben, der ‚Ich war's nicht', der Ebenso, der Einer und ich. Grad so wie ein Jedermann. Wir wollen aber auch mal wer sein. Jemand besonderes. Nicht irgendjemand."

Die Anonymität schüttelte den Kopf „aber ihr seid doch so ganz o.k. wie ihr seid, warum wollt ihr den herausstechen?"

„Ach, halt so", erwiderte Herr Jedermann. „Wir wollen Bedeutung haben."

„Mhhhh" grübelte die Anonymität. Und dachte nach. „Du und Deine Familie, Ihr könntet unter meinen Deckmantel schlüpfen und anonym alles Mögliche anstellen!"

„Und was soll das bringen? Wir sind ja dann unerkannt. Wer soll dann unsere Bedeutung messen?" „Eben. Unerkannt." Entgegnete die Anonymität, „das ist ja so viel besser. Wichtig ist doch, dass Ihr Euch Eurer Bedeutung bewusst seid. Und die Taten für Euch sprechen lasst."

Herr Jedermann dachte darüber nach. Noch nicht gänzlich überzeugt. Noch nicht ganz zufrieden.

Da fing die Anonymität leise an zu wispern „und ich habe eine gute Freundin, die Rücksichtslosigkeit. Der kann ich Euch vorstellen und mit ihr zusammen, werdet Ihr Dinge tun, wo andere aufmerken müssen. Klingt das nicht gut?"

Jetzt war Herr Jedermann überzeugt. Die beiden gingen los, die Freundin aufsuchen, welche dem Herrn Jedermann ein Gutteil von sich abgab. Das war das Schöne an ihr. Sie konnte so viel von sich abgeben und immer noch war so viel von ihr da.

Glücklich ging Herr Jedermann heim und erzählte all dies sogleich seiner Frau. Die war skeptisch. „Ach was" sagte der Herr des Hauses „wir werden das schon merken. Und glaube mir, meine liebste Irgendwer, nun wird man uns endlich wahrnehmen". Und lud seine Frau und die Jungs zur Feier des Tages ein, in die nahegelegene Gastwirtschaft, was Leckeres essen.

Es war ein heißer Tag und sie wollten gerne im Biergarten im Schatten sitzen. Nur es war kein schattiges Plätzchen frei. Also gingen sie nach innen. Dort war es gut warm. Richtig warm.

Der Gastronom, ein rechtschaffender, fleißiger Mann war am Werkeln. Zwei Bedienungen waren überraschend ausgefallen, das Kühlsystem machte Schwierigkeiten. Die Auflagen wurden immer strenger. Und es war heiß. Er wuselte von Tisch zu Tisch, von gut besetztem Tisch zu gut besetztem Tisch und versuchte persönlich seine beiden fehlenden Bedienungen zu kompensieren.

Familie Jedermann war grumbelig. Es war schließlich warm und sie saßen bereits geschlagene fünf Minuten und keiner kam. Endlich, nach 6 ½ Minuten, Herr Jedermann hatte ganz genau auf die Uhr geschaut, kam der Gastronom und nahm die Bestellung auf. Als er die Getränke brachte, hatte er in dem ganzen Stress und Tohuwabohu die Cola für den Ebenso vergessen. Ebenso beklagte sich lauthals, der ‚Ich war's nicht' hatte seine Cola nämlich schon und der Ebenso wollte es ebenso.

Das Essen dauerte seine Zeit, schließlich waren alle Tische besetzt. Auch hier guckte Herr Jedermann genauestens auf die Uhr. Satte 23 Minuten dauerte es, bis etwas zum Sattwerden kam. ‚Unglaublich' dachte er bei sich ‚was für eine Arbeitsmoral. Was für ein mieser Kundenservice. Schließlich sind wir doch wer. Wie kann er uns dann so behandeln, wie ein jedermann?'

Indes der rechtschaffende Gastronom rannte und wuselte und schwitzte und die Sorgen - die sich heimlich eingeschlichen und es sich auf seinen Schultern gemütlich gemacht hatten - auf diese schwer drückten. So Sorgen können, selbst wenn sie noch klein sind, ganz schön piesacken. Und sie wachsen auch recht schnell.

Familie Jedermann saß und aß also innen, in der gemütlichen Stube und waren unzufrieden. ‚Dem werden wir es heimzahlen' beschlossen sie. Ihre neue Freundin, die Rücksichtslosigkeit, bestärkte sie darin. „Ja genau" raunte sie leise in ihre Ohren „seid nicht so bedacht auf andere. Ihr seid's und nur ihr! Lasst Euch das nicht bieten."

Und als Familie Jedermann daheim war, schrieben sie eine saftige Kritik. Schön anonym unter einem Pseudonym, ließen sie kein gutes Haar an der Suppe – obwohl noch nicht einmal ein Haar in der Suppe zu finden gewesen war. Und als sie ihre harsche Kritik schwarz auf weiß lesen konnten, fühlten sie sich wichtig. Bestätigt, dass sie wer waren. Und weil es so schön war, machten sie so weiter. Und jedes Mal, wenn auch nur ein Fitzelchen nicht 100 % perfekt war, dann wurde dieses Fitzelchen aus den Guten fast 100 % herausgenommen und aufgebauscht und aufgebauscht, bis es ganz groß war. Das war toll!

Und Familie Jedermann fing an mit offenen, Kritik-geübten Augen, durch die Welt zu gehen, um all das Schlechte zu suchen, was es ihrer Meinung nach im Überfluss gab. Und dieses lautstark (oder eigentlich schriftstark) zu kritisieren.

Keiner war gefeit. Nichts wurde ausgelassen.

Und weil es viel schöner war alles schlecht zu machen und weil es sich so anonym so viel besser meckern ließ, blieben sie auch nicht so ganz bei der Wahrheit. Und genaugenommen, pickten sie sich ja auch nur ein kleines Detail heraus und sahen nicht das große Ganze.

Als der Gastronom, schon gebeugt durch die vielen Sorgen, nun auch noch durch die schlechten Kritiken gänzlich zu Boden gedrückt wurde und an diesem zerstört war, machte er seinen Laden zu.

Das wiederum gab erst recht Anlass, für Familie Jedermann, herbe Worte dazu zu verlieren. Nun ja, verloren waren die Worte nun leider nicht, nur das Geschäft von dem Gastronom. Und Familie Jedermann fühlte sich gut. Endlich nicht mehr durchschnittlich, sondern von Bedeutung.

Und ihre Freundin, die Rücksichtslosigkeit säuselte in ihre Ohren „das habt Ihr gut gemacht. Dieser faule Gastronom. Ganz recht, dass er seinen Laden schließen musste."

Und sie machten weiter und weiter. Jeder, wirklich auch jeder, wurde von ihnen – verbal - durchgekaut. Und auch die nächste Wirtschaft wurde in ihr Fadenkreuz der harschen Kritiken genommen. Und auch die Übernächste.

Bis es eines schönen Tages keine Wirtschaft mehr in der Nähe gab, da es sich unter den Gastronomen herumgesprochen hatte, dass dort kein Fuß zu fassen sei und egal was man machte und wie man sich anstrengte, es nicht recht zu machen sei.

Das war erst recht Wasser auf den Mühlen unserer fleißigen Familie Jedermann. Geflissentlich monierten sie alles und jedes – nur nicht Jeden oder gar Jede -, die fehlenden Kneipen und das schlechte Viertel und, und, und. Es gab ja so viel schlecht zu machen.

Sie waren allerdings nicht wirklich glücklicher, trotz ihrer neuen Wichtigkeit. Denn dank ihres Kritik-geschärften Auges, übersahen sie das Schöne. Das Gute. Die Freude. Es fehlte ihnen an Zufriedenheit. An schlichtem Glücklichsein und Wohlempfinden.

Obschon sie nun mit stolzgeschwellter, wichtiger Brust umherliefen und dachten ‚nun endlich sind wir nicht ein jedermann, sondern wer!‘ so waren sie doch ganz innen, die gleichen Jedermänner wie zuvor.

Und eines schönen Tages kam die Wahrheit um die Ecke. Die Wahrheit, die sich nicht verbergen lässt.

Und somit auch nicht die Taten oder besser gesagt Schriften der Familie. Selbst die Anonymität kam an der Wahrheit irgendwann nicht mehr vorbei.

Und die Wahrheit kam ans Licht und mit ihr wurde die Familie Jedermann ins Licht gezerrt. Da standen sie nun. Im gleißenden, hellen Licht. Wie paralysiert standen sie da und hatten mehr Bedeutung und wurden mehr wahrgenommen, denn je. Aber so hatten sie es sich nicht vorgestellt. So publik. Und so prominent.

Und allen war klar, was die Familie Jedermann alles getan und geschrieben hatte. Auch wenn ‚ich war's nicht‘ sagte: „ich war's nicht. Aber Einer muss es gewesen sein.“ Und Einer erwiderte „Einer ist keiner. Vielleicht war es ja Irgendwer gewesen? Oder es war ebenso“. „Nein, nein“, antworteten Frau Irgendwer und der kleine Ebenso synchron, „das kann doch schließlich jedermann gewesen sein." Und schluss-endlich musste Herr Jedermann dies bestätigen und seufzte „Es war ein Jedermann."

Und nicht nur das. Die Wahrheit hatte sie nicht nur ans Licht der Öffentlichkeit gebracht, sondern ihnen auch die Augen geöffnet und sie erkennen lassen, was sie mit ihren Kritiken angerichtet hatten. Das war nicht schön.

Kleinlaut trollte sich Familie Jedermann nach Hause und ging in sich. War das so richtig gewesen? War das wirklich das Wichtige gewesen? Und ist es nicht doch gut, ein Jeder-mann zu sein? Schließlich ist ein Jedermann kein Niemand.

Und sie beschlossen – im Familienrat – so zu sein, wie sie waren. Einer, der besser war als Keiner. Ich war's nicht - der es doch ab und an war - und einfach Irgendwer und Jeder-mann. Ebenso.

# Die Spinne und das soziale Netz.

Es war einmal eine Spinne. Fett und schwarz, mit Haaren an den Beinen und am Körper. Sie war wirklich eine wunderschöne dicke Spinne, jedenfalls in ihren eigenen acht schimmernden Augen. Mit den acht Beinen und den niedlichen Tatzen daran und den zwei Fühlern und dem dicken Körper. Eine wahrhaft prächtige Spinne.

Und sie spann ein Netz, mit dem Ziel, Wesen namens Mensch damit zu verknüpfen, um sie unbemerkt einwickeln zu können. Und sie nannte ihr Netz ‚das soziale Netzwerk'. Tatsächlich hingen bald darauf ein paar solche Wesen in ihrem Netz.

Das gefiel der Spinne. Sie wob sie so fest in ihr Netz und wickelte sie derart ein, dass den Wesen gar nicht bewusst war, was mit ihnen geschah.

Und die Spinne war fleißig. Und spann und wob das Netz und das Netz wurde größer und größer und wuchs langsam über das Land hinaus, über den Kontinent hinaus, sogar über die Ozeane hinaus. Bis das Netz den ganzen Globus umspannte.

Und es verfingen sich viele, viele tausend Tausende, ja bald gar Millionen von Wesen in diesem Netz.

Und unsere fleißige Spinne spann also das Netz und wickelte die Wesen ganz fest hinein. Das Netz war so stabil, das man es nicht mal durch-hacken konnte. Manchmal zupfte einer daran, dann vibrierte das Netz leicht und es gab auch schon mal nach. Verlor kleine Stücke und ein paar Wesen fielen wieder hinaus.

Sobald unsere schöne, dicke, fette, schwarze Spinne dieses bemerkte – mit ihren alles fühlenden und riechenden Tatzen – eilte sie herbei und spann das Netz nach. Sie war so immens eifrig und spann und spann und spann ihr Netz über die ganze Welt: Tag und Nacht. Sodass sich immer mehr Wesen Mensch im Netz verfingen. Und weil das Netz so klebrig war, kamen sie nicht heraus und obendrein war die Spinne sehr geschickt darin, sie einzuwickeln.

Und die Spinne tat sich gütlich und saugte den Wesen Kreativität, Antrieb, Eigenständigkeit und noch so einiges aus, sodass sie sich immer tiefer in dem Netz verfingen.

Und über dem Netz kreisten Marketing, Werbung, Verblendung, Fake-News und Propaganda, die sich wie die Geier auf die wehrlosen, eingewickelten Wesen stürzten und diese fest in ihren Fängen hielten.

Die meisten Wesen merkten von all dem nichts. Zu fest waren sie verwoben. Ein paar wenige jedoch, die merkten auf und sahen, was geschah. Die kreisenden Geier. Den Verlust an Kreativität und Eigenständigkeit und Selbstbestimmung.

Diese versuchten sich zu befreien. Sie fingen an miteinander zu reden. In direktem Kontakt vis-a-vis. Und sie zupften gemeinsam am Netz. Und immer wenn sie zupften, gab es eine Resonanz in dem ganzen Netz und je mehr zupften, desto mehr Schwingungen waren im ganzen Netz zu spüren. Und immer stärker wurden die Schwingungen, sodass einzelne Wesen sogar hinauspurzelten.

Jetzt ist es aber so, dass ein solch Spinnennetz ein Wunderwerk an Festigkeit ist. Viermal so belastbar wie Stahl, kann es sich um das Dreifache der Länge dehnen, ohne zu reißen. Aber je mehr Wesen erkannten, was ihnen widerfahren war und je mehr sie schwangen, je höher hinauf, desto mehr dehnte sich das Netz. Bis, ja bis... es eines Tages in viele kleine Einzelteile zerriss. Und die Mehrzahl der Wesen frei wurde.

Einige hingen noch am seidenen Faden und schwangen hin und her, dass ihnen ganz schwindelig wurde. Aber die meisten waren frei, frei wieder zu denken und frei im Handeln, waren sie viel vorsichtiger als zuvor.

Und auch wenn die Spinne sich anschickte, ihr Netz wieder zu reparieren, es erreichte nie mehr die vorherige Größe.

# Die patente Frau und ‚bassd scho‘.

Das höchste Lob der Franken ‚bassd scho‘ traf eines Tages auf das höchste mütterliche Lob - die patente Frau.

„Allmächd Maadla" sagte ‚bassd scho‘ ungeahnt wortgewandt „Du siggsd fei scheeh".

Die patente Frau verstand kein Fränkisch, sondern nur Bahnhof, aber nicht umsonst wurde sie ja als patent tituliert. Erst überlegte sie, ob das was mit einer Autovermietung zu tun haben könnte, das hätte ja dann einen Zusammenhang zum Bahnhof, immerhin ginge es um Fortbewegung, aber der ‚bassd scho‘ schaute sie so erwartungsvoll an, mit großen kugelrunden Augen, ja er sah sie regelrecht durchdringend an, also leitete sie ‚siggsd‘ von Sehen ab.

‚Aha‘ dachte sie bei sich ‚er meinte, ich würde gut sehen?‘ und erwiderte, „ja, das mit dem Sehen passt schon". Mit passt schon, fühlte sich das fränkische Lob wiederum bestens angesprochen und so kamen sich die beiden nicht nur in einem interessanten Dialog, sondern auch persönlich immer näher.

Und am Ende des Tages bekamen die beiden lauter kleine ‚Wunderbar‘ ‚Grad Scheeh‘ ‚Perfekt‘ ‚Waggerla‘, und auch ein ‚Märchenhaft‘.

*Anmerkung: Du siggst fei scheeh = Du siehst gut aus.*

# Chef [10]

Es war einmal ein Chef. Der war Chef von 10 Chefs und diese waren wiederum Chef von 10 Chefs. Und diese wiederum Chef von 10 Chefs.

Und so ging die Kette der Chefs durch, bis zu denen die dann kein Chef mehr waren, sondern sozusagen Chef [1] und somit niemand anderem, als sich selber etwas weitergeben konnten und daher arbeiten mussten. Nicht, dass die Chefs nicht gearbeitet hätten. Aber halt anders.

Diese Kette an Chefs war so lang, dass der Chef ganz oben Chef [10] war. Wenn er sich selbst mitzählte.

Chef [10] war sehr stolz auf sich. Er hatte es geschafft, Oberchef zu werden. Chef einer Zehner-Kaskade, das war schon was.

Und immer wenn der Chef eine Botschaft hatte, eine Mitteilung, eine Nachricht, oder schlicht etwas zu sagen hatte, teilte er dieses seinen Untergebenen mit. Diese konnten dann dafür Sorge tragen, dass sein Sagen umgesetzt wurde.

Eines schönen Tages rief also unser oberster aller Chefs, der Chef [10] , seine erste Riege an Chefs zu sich.

„Ich habe heute Nacht eine Vision gehabt. Ich habe das Bild genau vor Augen" sagte er ihnen. „Das ist das Ziel und dies der Weg dahin. Mit dieser Strategie werden wir das Ziel erreichen und die Vision erfüllen. So soll es sein. So, und nicht anders" wies er sie an.

Schließlich wusste er genau, wo es lang ging.

Und die Chefs [9], die die Botschaft empfangen hatten, gaben diese wiederum an ihre Mitarbeiter weiter.

Vielleicht nicht ganz genau so, wie er das gesagt hatte. Vermutlich auch nicht ganz so, wie er es gemeint hatte. Manche hatten es nicht richtig verstanden, manche wollten es nicht richtig verstehen.

Und so kam es, dass die Botschaft nach unten wanderte, zu denen die kein Chef waren und sie ausführen sollten. Und ein jeder, der jemals stille Post gespielt hat, kann sich mühelos vorstellen, was dies für die Botschaft bedeutet hat. Sie war schlussendlich nicht mehr ansatzweise so, wie sie ursprünglich gesagt wurde. Geschweige denn, gedacht war. Oder wie sie gemeint war.

Aber die Botschaft kam an. Na ja, nicht genau die Botschaft. Eine Botschaft halt.

Und die, die da den Anweisungen Folge leisteten und sie umsetzen sollten, machten sich ans Werk. Fleißig – einige jedenfalls, nicht alle. Sie bemühten sich redlich und es gab sogar welche, die den gesunden Menschenverstand einschalteten. Und es kam auch etwas dabei rum.

Am nächsten Tag setzte sich unser Chef [10] an seinen Sekretär und las in erwartungsvoller Vorfreude seine Berichte. Und wie er so las, wollte sich sein schönes Bild, welches er doch so glasklar vor Augen gehabt hatte, irgendwie nicht einfinden. Merkwürdig. Wie konnte das sein? Er las nochmals. Er las kreuz und quer und noch mehr. Nichts zu sehen von seiner Vision. Es las sich alles zwar nicht schlecht, aber so hatte er sich das nicht vorgestellt.

Also rief er wieder seine untergebenen Chefs zu sich und fragte sie, wie es sein könne, dass seine Vision nicht auffindbar wäre. Schließlich hätte er alles ganz genau und klar gesagt. Und er sagte ihnen nochmals, in aller Klarheit und Deutlichkeit, wie seine Vision aussähe und auszusehen hätte. Und das Ganze bitte bis morgen.

Und das Ganze ging von vorne los. Wir, die wir bereits stille Post gespielt haben, wissen wie das ausging.

Am nächsten Morgen war die Vorfreude des Chefs [10] schon ein klitzekleines bisschen - nun, sagen wir mal - angespannt. Er las seine Berichte, kreuz und quer und noch mehr. Und wieder? Nichts.

Nichts, ist jetzt vielleicht nicht die richtige Beschreibung. Es gab vieles. Auch vieles Gutes. Schließlich waren ja einige – wenn auch nicht alle – fleißig gewesen. Und einige hatten einiges gut verstanden. Aber weit und breit war nichts zu sehen von seiner Vision.

Jetzt war der Chef [10] doch ein kleines bisschen erzürnt. Und dachte nach. Und zürnte.

Und rief seine erste Riege und sogar die zweite Riege der Chefs zu sich. Wie die 111 da so alle versammelt waren – ihn eingerechnet – hub er an, seine Vision erneut zu erklären. „Das Bild ist doch ganz klar! Der Weg dorthin auch! Wie konntet Ihr vom Weg abweichen? War das Ziel denn nicht schon in Sichtweite?"

Es war eine kluge Idee von ihm, den Kreis derer, denen er etwas mitzuteilen gedachte, zu erweitern. Damit hatte er seine Trefferquote deutlich!!! vergrößert.

Trotzdem, wie beim ersten Mal im kleinen Kreis, hatten nicht alle genau verstanden und andere wollten nicht verstehen und wiederum andere konnten es nicht. Aber immerhin, die Menge derer, die verstanden hatten, war größer geworden.

Am nächsten Morgen .... wir kürzen jetzt einfach mal ab .... der Chef [10] wetterte und rief die erste, zweite und dritte Riege zu sich. Als alle 1111 versammelt waren – ihn eingerechnet – begann unser oberster aller oberen Chefs – deutlich ungehalten: „Wie kann es sein, dass meine Vision immer noch unerfüllt ist? Jetzt sind schon 3 ganze Tage vergangen." Und erklärte alles noch einmal in klaren, deutlichen und auch etwas lauteren Worten.

Und wieder - wie zuvor - war die Menge an Verständnis größer geworden, aber auch Unverständnis und Missverständnis spielten ihre Rollen gut.

So kam es, wie es kommen musste, Chef [10] saß am 5. Morgen, nach seiner ihm nächtens erschienenen Vision, an seinem Schreibtisch, las die Berichte und sah? Einen winzigen Hauch seiner Vision durch die Berichte durchschimmern. Jetzt können wir uns fragen, wie ein Hauch eigentlich schimmern kann? Aber dieser Hauch konnte schimmern. Und die Augen des Chefs schimmerten auch. Ein winziger Fleck Glück schimmerte da durch einen guten Teil roten Zorns.

Und er rief Chefriege 1 bis 4 zu sich. Wie alle 11.111 – ihn eingerechnet – versammelt waren, wütete er los und gab ihnen eine letzte Chance – bis morgen.

Der nächste Morgen sah einen erschöpften Chef am Schreibtisch sitzen, rot geränderte Augen – er hatte kaum geschlafen – die Berichte lesend. Langsam. Sorgfältig wie noch nie studierte er die Berichte. Und fand folgendes:

Vieles Gutes.
Vieles Unerwartetes.
Einiges weniger Gutes.
Und hie und da blitze seine Vision durch.

Jetzt haben wir zwei Möglichkeiten, wie die Geschichte weitergeht.

Möglichkeit A: Dem Chef schwillt die Zornesader und der Kamm, bis beides platzt

Möglichkeit B......

B, B!!!

Der Chef ging direkt zu den Mitarbeitern, die da kein Chef waren und erklärte einen ganzen Tag lang geduldig und persönlich jedem Einzelnen seine Vision. Wie der Weg dorthin zu gehen sei. Welche Etappenziele es gäbe. Warum das Ganze gut und wichtig und richtig sein.

Und wie immer verstanden einige nichts, einige alles, einige ein bisschen und einige einiges falsch.

Aber die Menge an Verständnis war dieses Mal ungleich größer als Unverständnis und Missverständnis zusammen.

Und so kam es, dass am nächsten Morgen die blaue Stunde für den Chef [10] rosarot wurde – vor Glück – denn er sah seine Vision nicht nur vor Augen, sondern auch in den Berichten. Wegweisend.


Trotzdem blieb ein Unwohlsein in der Magengegend zurück. ‚Warum?' dachte der Chef [10] bei sich, ‚habe eigentlich ICH persönlich allen alles erklären müssen'?

# Rechtspopulismus

Es war einmal ein Mann, der war etwas engstirnig und einseitig und genaugenommen auch sehr egoistisch. ‚Ich zuerst' das war sein Motto. ‚Alle anderen sind egal', dachte er. Und es war ja auch egal. Ihm jedenfalls.

Vieles was mit Pol begann, das war ihm grad recht.

Außer mit den beiden Polen und auch mit den Polen. Damit hatte er nichts am Hut. Das war zu fremdländisch. Auch das Polarlicht war ihm nicht recht(s), da zu weit oben. Obwohl, polarisieren tat er schon gerne. Und seine Lieblingskleidung war Polyester.

‚Ist doch alles ganz einfach' war seine stete Rede.

Und er ging in die Politik. Ihm war schon klar, dass mit ‚ich zuerst' nicht allzu viele Wählerstimmen zu fangen seien (genaugenommen nur 1), daher war sein Motto ‚wir zuerst'. Und: ‚ist doch alles ganz einfach'.

Damit wurde er sehr populär und transformierte zum Populismus und gewann viele Anhänger.

Als rechter Populismus war er nicht nur populär und populistisch, sondern auch polemisch. Und er konnte prächtig poltern.

So erklärte er seinen Anhängern, wie die Welt zu sehen sei. „Ist doch alles ganz einfach. Schaut nicht rechts, noch links, sondern nur auf Euch und Eure Nase. Leichter ist es, wenn Ihr ein Lineal nehmt und dieses vor Euer Gesicht haltet und dem Lineal entlang schaut. Dann geht es nur Eurer Nase nach. Ist das nicht wunderbar gerade und klar und einfach?"

Seine Anhänger waren begeistert und liefen mit dem Lineal vor der Nase herum, damit alles, genau betrachtet, einfach war.

Als er eines schönen Tages seine Lieblingsrede hielt „Wir(ich) zuerst. Und es ist doch alles ganz einfach." polterte er los „reduziert doch alles nur auf Euch" und entflammte über sein wunderbar einfaches Gedankengut derart, dass die Funken flogen. Und übersprangen, direkt auf seine schöne Polyesterjacke, die daraufhin ebenfalls entflammte. Und mit dieser etwas anderen Art der Selbstentzündung verbrannte der Populismus sich selber.

War wohl doch nur alles Rauch und Asche gewesen?

Seinen Anhängern erging es nicht sehr viel besser. Mit dem einfachen Lineal vor der Nase, schauten sie nicht rechts noch links (schon gar nicht links), sondern nur geradeaus.

 Und so scheiterten sie am Kreisverkehr, erkannten die ‚Rechts vor Links Vorfahrt' nicht (das zumindest war schon etwas merkwürdig), kamen mit den Straßen nicht klar, denn sie fuhren nur geradeaus und flogen geradewegs aus den Kurven.

Auch Wendeltreppen und U- oder L-förmige Treppen stellten eine große Herausforderung dar. Nicht wenige stürzten hinab. Und der Rest strauchelte über die Steine, die das Leben einem so in den Weg legt.

Somit hatte sich der rechte Populismus - samt aller seiner Anhänger - so reduziert, dass aus den immer weniger Werdenden, schlussendlich keiner mehr übrig war. Ganz einfach.

## Das Märchen vom Marktwachstum. Mitten aus dem Wirtschafts-Leben gegriffen.

Es war einmal ein kleiner Markt. Wendig, agil und klein. Nett war er anzusehen. Doch so nett er auch aussah, so ehrgeizig war er. Er wollte unbedingt ein Großer werden. Und wachsen. Wachsen war sein Mantra. ‚Ich will wachsen' sagte der kleine Markt zu sich ‚über mich hinaus. In die Welt hinein.'

Und er zog los, zu wachsen. Aber wie sollte er wachsen? So einfach wachsen? Das ging ja wohl nicht. Guter Rat war teuer, trotzdem befragte er den weisen Herrn Wirtschaft. „Du musst Frau Angebot suchen. Und Herrn Nachfrage. Und diesen beiden musst Du einen Raum bieten, wo sie sich treffen können und dort bepreisen sie sich dann. So kannst Du wachsen und gedeihen" führte der Weise ihn ein. Und nahm sogleich Anlaufkosten vom Markt.

Und der kleine Markt zog los, suchte sich einen Platz, an dem er Raum hatte und warb um Frau Angebot und um Herrn Nachfrage. Als sich beide trafen, fanden sich nicht nur diese ein, sondern auch etwas Neues, nie da Gewesenes: Innovatoren. Köstlich innovativ waren die. Sie beflügelten ihn und so bot der kleine Markt ihnen allen den Raum, den sie für ihre Handlungen brauchten. Alle verstanden sich bestens: seine Innovatoren, Frau Angebot, Herr Nachfrage, die Preise und er. Und Herr Mono Pol war auch dort. Der passte ganz vortrefflich dazu. Aber es waren nur einige wenige Innovatoren. Sie waren zwar lebhaft, agil und neu und neugierig – wie der kleine Markt auch. Aber der kleine Markt war ja hungrig, hungrig auf mehr und wollte wachsen. Unbedingt. Dafür waren die Innovativen einfach zu wenig. So machte er sich auf den Weg – auf den Weg die Frühlinge zu suchen. Dazu musste er aus seinem Platz hinaustreten, hinaus in die Welt. Also sagte er seinen neuen Freunden Bescheid, er wolle in die Welt hinaus, ob sie wohl mitkommen wollten?

„Oh" sprach Herr Pol traurig „Du kleiner Markt willst fort? In die große Welt wachsen? Leider kann ich Dich nicht begleiten. Ich bin nicht so beweglich. Und ich bin eher monogam. Das Viele liegt mir nicht."

Und so zog der kleine Markt alleine los. Na ja, nicht ganz allein, Frau Angebot und Herr Nachfrage waren ja auch dabei. Und er zog los in die Welt und traf auf frühe Adopter. ‚Wer seid Ihr denn? Und was wollt Ihr', fragte er sie. „Wir sind neugierig, was Du schönes Neues hast und was Du bietest" sagten sie. ..... Und der Markt nahm Platz und Frau Angebot, Herr Nachfrage und die Adopter waren zufrieden und tauschten sich aus.

Eine Weile war das gut, als der Markt – mittlerweile nicht mehr so klein – eine innere Stimme hörte: ‚Du musst wachsen und reifen". Sagte die Stimme. Und der Markt hörte. Und dachte nach. ‚Wachsen und reifen, das klingt gut. Nach einer vernünftigen Strategie'. Und der Markt hörte auf seine innere Stimme, sagte den Adoptern Lebewohl und zog los, zu wachsen und zu reifen.

Und er fand einen großen Markt. Mit vielen Ständen. Mit einer unglaublichen Vielfalt an Angeboten. Bunt und vielfältig. Ein Gewirr an Stimmen und Produkten und Käufern und, und, und.

Das war ein Leben. So hatte der Markt es sich vorgestellt. Und er traf einen Mann, der sagte: „Gestatten Pol" sagte er „Poligo Pol. Ich bin jetzt ganz bei Dir". Das war dem Markt ganz recht und er ließ sich an einem Platz nieder. Und kaum angekommen, traf er auch schon ganz früh eine Mehrheit. Die war ganz pragmatisch und zufrieden, mit dem was Frau Angebot und Herr Nachfrage an dem Platz des Marktes so handelten. Und der Markt reifte. Spät am Abend, traf er eine weitere Mehrheit, doch die war im Gegensatz zu ihren praktischen frühen Anverwandten eher bequem und machten gerne bei ihm mit. Das war dem Markt grad recht. Und der Markt wuchs und wuchs. Und umspannte die ganze Welt. Mittlerweile war er ausgereift und von der vielen, späten Mehrheit auch satt. Ehrlicherweise muss man zugeben, diese lag ihm schon im Magen. Und er wurde schwerfällig und unbeweglich und starr. Und bequem, wie seine späte Mehrheit, die bequem und wohlig warm in seinem Magen lag.

Als des Nachts noch ein paar Nach(t)zügler des Weges daher kamen, bot der Markt auch ihnen Obhut.

Aufgebläht von all dem, was der Markt verkonsumiert hatte, entartete das Ganze langsam. Und in einem großen Blob, implodierte der Markt. Vielleicht explodierte er auch. Genaues weiß man nicht. Fakt aber war, der Markt degenerierte in Millionen kleinster Teile. Und war nicht mehr.

Aber halt, da war doch noch was, ein kleiner Markt, ganz klein und agil, bildete sich aus ein paar wenigen Teilen. Und der kleine Markt machte sich auf den Weg, seinen Platz zu finden. Er war innovativ und neugierig auf die Welt und freute sich seines Standes. Als plötzlich eine innere Stimme zu vernehmen war. ,Du musst wachsen. Wachsen musst Du. Wachstum ist alles. Wachstum ist Größe. Wachsen, wachsen, wachsen, wachsen, WACHSEN, W A C H S E N!'

Oh nein, nicht das schon wieder. Muss der Zyklus wirklich wieder aufs Neue beginnen?

Auch der kleine Markt dachte so und vermeinte im Nachhall der Worte, ein Déjà-vu zu verspüren. Eine Erinnerung? Dass dies kein gutes Ende nähme? Und der kleine Markt wollte dies nicht, aber die Stimme im Kopf bohrte und bohrte ,wachsen, wachsen, wachsen'. Der kleine Markt war schon ganz verzweifelt, als er an einem Marktstand auf ein altes Kräuterweiblein traf und ihr sein Leid schilderte. Das Weiblein hatte schon viele Märkte kommen und gehen sehen und war von dem Leid des Kleinen angerührt und versprach ihm zu helfen. „Hier mein Lieber, habe ich den echten, originalen, schwarzen Schutzstein. Man munkelt" wisperte sie leise

„dass er mit der Familie derer von Schutzzoll verwandt sei. Und wenn Du Dir davon eine Scheibe abschneidest, eine ganz feine Scheibe, kannst Du darin andere neue Welten sehen. Und in eine davon, begibst Du Dich".

Gesagt, getan. Das Marktweib nahm das größte und schärfste Messer, welches der Messerschleifer just erst geschliffen hatte und schnitt eine so feine Scheibe herunter, das diese ganz transparent war. Und wie versprochen, barg sich eine komplett andere Welt in dieser Scheibe. Und sie beweihräucherte den kleinen Markt, damit ihn keiner übertrumpfen konnte und schickte ihn in die andere Welt. Und raunte ihm noch folgende Wort mit auf den Weg „Wahre Größe liegt ihm guten Handeln".

Und so zog der kleine Markt in diese neue Welt, suchte sich eine Nische und lebte dort fortan vergnüglich. Und die Wesen, die an seinem Platz Raum fanden sich auszutauschen, handelten gut.

*Anmerkung: Es sind Begrifflichkeiten aus der Betriebswirtschaftslehre verwendet worden, die mit dem Marktzyklus korrelieren: Produktlebenszyklus: Einführung, Wachstum, Reife, Sättigung, Degeneration.*
*Innovationszyklus (Käufertypologie): Innovatoren, Adopter (frühe Anwender), frühe Mehrheit, späte Mehrheit, Nachzügler.*

# Die Stadt

Die Stadt stand vor dem Spiegel und betrachtete sich. Sie war nicht zufrieden. Überhaupt nicht. Sie fand, dass sie irgendwie quasi ein bisschen überlief. Die Falten waren auch nicht schön. Und sie war auch nicht altersgerecht weise und würdevoll geworden, sondern wirkte verbraucht.

Und die Luft war schlecht, voller Rauch und grau.

‚Erst einmal die Fenster öffnen und den Ventilator anstellen' dachte sie bei sich, ‚dann wird es besser'. Gesagt, getan. Und tatsächlich, die Luft wurde besser.

‚Immerhin' freute sie sich und zündete sich erst einmal eine Zigarette an und paffte. Sie rauchte nämlich wie ein Schlot. Und Schlöte hatte sie auch viele.

Sie seufzte. Unzufrieden und unglücklich. So hatte sie sich das Älterwerden nicht vorgestellt. Und rief Mutter Erde an.

„Mutter Erde" klagte sie, „ich steh grad vorm Spiegel. Das Bild ist ein grausliches. Grau bin ich. Alles ist voll. Alles quillt über. Die Flüsse sind genauso verstopft, wie die Straßen. Die Luft ist schlecht. Die Häuser sind wie Pickel auf meiner Oberfläche. Was soll ich nur tun?"

Und Mutter Erde schlug vor, ein Erdbeben zu schicken, dann könne sie wieder neu anfangen.

Das, fand die Stadt, wäre aber etwas arg.

„Na gut, dann eben nicht" meinte Mutter Erde „wir können ja den lieben Gott um eine Sintflut bitten. Auch dann ist alles wieder wie neu".

Auch das empfand die Stadt als zu heftig. Sie wollte schon eine etwas gemäßigtere, mildere Maßnahme, die sie sanft entschlacken und verbessern würde.

„Na dann" schlug Mutter Erde vor „fragen wir meine Freundin, die gute Fee, die hat mir schon das eine oder andere Mal geholfen"

Gesagt, getan. Die gute Fee saß gerade auf ihrer Palmeninsel im Schatten und schaute auf das azurblaue (plastikfreie) Meer und trank einen leckeren Ananassaft, als der Anruf kam. Sie war nicht besonders entzückt, ihren idyllischen Platz zu verlassen, aber der Hilferuf schien ein dringlicher, also suchte sie flugs die Stadt auf.

Die Stadt wiederholte ihre Klage und die Fee schaute und überlegte, was zu tun möglich wäre.

„Ich habe eine Idee" fing sie an zu erläutern „aber dazu ist es unabdingbar, dass Du aufhörst zu rauchen. Das verschlimmert nämlich alles".

„Was" quiekte die Stadt entsetzt (habt Ihr schon mal eine Stadt quieken hören? Das ist wie ein megalautes Quietschen nur noch höher), „zu rauchen aufhören, das ist ja fürchterlich. Ich rauche doch so gerne. Und meine ganzen Schlöte! Dürfen die auch nicht mehr qualmen?"

„Ja. Genau. So ist es. Von nichts kommt nichts." erwiderte die Fee. „Der ganze Rauch macht Deine Haut grau und Du bekommst nicht mehr richtig Luft. Gute schon gar nicht."

Zähneknirschend gab die Stadt zu, dass diese Qualmerei nicht das Beste für sie war und ist und versprach aufzuhören. Oder nur noch ganz, ganz wenig zu rauchen.

Darauf machte sich die gute Fee auf und suchte eine junge talentierte Städteplanerin und gab dieser die Macht der Umwandlung und Umsetzung. Das sind fürwahr zwei gar mächtige Werkzeuge.

Die junge Frau wachte am nächsten Morgen auf und hatte die Aufgabe klar vor Augen.

‚Unsere Stadt soll l(i)ebenswert werden'.

Und sie war nicht nur jung, klug und talentiert, sondern auch schon ein bisschen weise und ihr war klar, dass eine solche Aufgabe gewaltig war. Also dachte sie bei sich ‚willst Du einen Berg erklimmen, fang mit kleinen Schritten an und suche dann den rechten Weg'.

Und machte sich daran, erst einmal alles aufzuschreiben, was zu beachten und zu bewerkstelligen sei:
- Saubere Luft und saubere Flüsse
- Sauberer Verkehr, der nicht verkehrt ist
- Gute Energie und frisches Wasser
- Platz und Plätze für Menschen und Tiere und Pflanzen
- Viel Grünflächen
- Schöne, helle, nicht zu große Gebäude

- Jegliche Art an Stätten, die Menschen benötigen: Lehr- und Bildungsstätte, Heim- und Heilstätte, Gaststätte, Ruhestätte, Werkstätte, Kunst- und Kulturstätte, Tagesstätte, Denkstätte, Begegnungsstätte und noch viel mehr -stätte (der Stadt gefiel das besonders gut).
- Und viel Schönheit und Sauberkeit und auch viel Ruhe
- Und noch mehr

Und dann ging es an die Umsetzung. Da sie nicht nur talentiert, sondern auch  - naturgemäß - multitaskingfähig war, fing sie mit der sauberen Luft, den sauberen Flüssen und dem Verkehr an.

Die Luft war wahrlich schlecht. Dicke Schwaden hingen über der Stadt und machten sie grau und trüb. Wenig frische Luft kam hinein - obschon die meisten Schlöte nun nicht mehr qualmten (die Stadt hatte ihr Wort gehalten) und nur wenig Licht kam durch.

Und obendrein zogen von außerhalb Rauchschwaden an die Stadt heran. Es gab nämlich eine schreckliche Unsitte: Menschen zündeten außerhalb, am Stadtrand, immer wieder Wälder und Büsche an, um Bauland zu bekommen und damit möglichst hohe Gewinne machen zu können.

Das zu unterbinden, war keine leichte Aufgabe und drohte die junge Stadtplanerin zu überfordern.

Daher unterstützte Mutter Erde: So sorgte sie zum einen dafür, dass alles Abgebrannte über Nacht noch grüner und schöner und üppiger wieder wuchs. Zum anderen bestrafte sie die Zündler und auch die Anstifter, in dem diese ganz viele hässliche große Pickel und einen fürchterlichen Ausschlag bekamen.

Anfangs wunderten sich die Stadtbewohner und erfreuten sich an dem vielen, noch schöneren Grün. Die vielen – oft gut gekleideten – Menschen, mit den Pickeln und Ausschlägen dagegen, die waren nicht glücklich. Es dauerte eine geraume – schwer juckende – Zeit, bis der Zusammenhang klar wurde. Und die Zündler und Anstifter als solche erkannt wurden. Sie mussten viele, viele Stunden soziale Dienste leisten. Und nach und nach ließen Ausschläge und Pickel nach.

Zurück zu unserer Stadtplanerin, die mit der Macht der Umwandlung die Flüsse mit breiten Flussauen durch die Stadt mäandern ließ und damit Luftschneisen für die Stadt schuf. Zudem sorgte das viele, neue, frische Grün auf den Hügeln dafür, dass nachts kühle, frische Luft von den Bergen in die Stadt fließen konnte.

Der Verkehr, ja der war eine harte Nuss, die es zu knacken galt. Mit den mäandernden Flüssen und den geplanten Parks und Grünflächen, war nicht so viel Platz für Straßen. Und vollgestopft sollten sie auch nicht sein. Also was tun? Die Stadtplanerin zog hier alle Register ihres Könnens und zauberte viele probate Mittel aus dem Hut. Unterirdischer Schienenverkehr, drei Ringschwebebahnen, großzügige Fahrrad- und Fußgängerwege, Leihstationen, Fahrgemeinschaften, ein sternförmiges Straßennetz für Transporte und Handwerker, Park and Ride Stationen, Sonntagsfahrverbote (außer Notfälle), Belohnungen für „Nicht Autofahren".

Wettbewerbe für die 2 Liter Motoren und die Weiterentwicklung von Wasserstoffmotoren. Und, und, und. Sie hatte auch viele neue, revolutionäre Ideen, auf die wir gespannt sein dürfen. Wenn Ihr die Stadt mal besucht, werdet Ihr überrascht sein, aber wir wollen nicht zu viel verraten.

Alles in allem, gelang es ihr mit diesem Potpourri an Maßnahmen und Ideen, den Verkehr so zu regeln, dass es auf den Straßen ruhig und geruhsam und trotzdem zügig zu ging.

Dann machte sie sich daran, die Quartiere der Menschen zu überdenken. Wie sollte die Stadt gegliedert sein? In Ringen? In Vierteln? Wie konnte es gelingen, dass es nicht zu schlechten und guten Vierteln kommen würde? Oder zu 1. Ring und geringere Ringe?

Sie überlegte und grübelte. Die mäandernden Flüsse gaben ihr zu denken. Also wandelte sie die geraden Ringstraßen in mäandernde Straßen um, mit vielen Kurven und Biegungen. Damit war gegeben, dass man mittels Straßen auch nicht am schnellsten unterwegs war und der unterirdische Schienenverkehr mehr genutzt wurde. Und die Kreuzungen, zwischen Fluss und Straße, wurden zu den Begrenzungen der Stadtteile. In Mitten eines jeden lagen große Parks. Viel Grün wurde zwischen die Häuser gestreut, jedes hatte größere Wohnhäuser zum Park hin, gefolgt von Geschäften und Schulen und Apotheken und, und, und. Die kleineren Wohnhäuser lagen am Fluss und halfen mit ihren Gärten bei der Luftverteilung mit.

Mit der Macht der Umwandlung sorgte sie dafür, dass alle Gebäude hell und sauber waren und schön anzusehen. Zarte Pastellfarben, grüne Dachgärten, Solarpaneele und Wasserschleifen. Als sich selbst versorgende Gebäude liefern sie die nötige Energie gleich mit.

Und mit der Macht der Umsetzung, für die notwendige Infrastruktur und alles was die Stadt lebendig und lebenswert macht.

Am Ende lehnte sie sich zurück und schaute das Geschaffene an.

‚Nicht schlecht' dachte sie sich. ‚Sicherlich kann hier und da etwas besser gemacht werden, aber für den ersten Ansatz mal nicht schlecht'.

Und die Stadt selbst schaute entzückt in den Spiegel. ‚Viel, viel, viel besser' freute sie sich. ‚Immer noch ein paar Falten, aber mei, ich bin ja nicht die Jüngste. So lass ich es mir eingehen, in Würde altern! Ordentlich aussehend. Zeit- und altersgerecht gekleidet. Frisch. Sauber. Luftig und mit viel kleidsamen Grün.'

# Zurück zur Natur

Es war einmal ein Wesen, welches in der Welt umherging und sich freute. Über das schöne Grün, das sanfte Säuseln des Windes, das Rascheln der Blätter, den Duft der Blumen, das Zwitschern der Vögel. Und über die Vielfalt der Tierwesen, über das Funkeln der Sterne und das Plätschern des Wassers und überhaupt. Es gab ja sooo viel zu sehen, zu fühlen, zu riechen und zu staunen.

Und wie es so durch die Welt streifte – glücklich und in Frieden mit sich selbst, kam das Aber daher.

„Aber, aber" sagte es „Du kannst doch nicht so einfach umherstreifen. So einfach ist das Leben doch nicht. Du musst arbeiten und Geld verdienen und produktiv und wertvoll sein."

Und das Wesen schämte sich, einfach so da gewesen zu sein. Und nicht produktiv. Und war es vielleicht gar nicht wertvoll gewesen? Das Wesen schämte und grämte sich und beschloss: ‚Ich will auch teilhaben und produktiv und wertvoll sein'. Und suchte die Arbeitswelt. Es durchwanderte die Welt der Schule, die Welt der Ausbildung, ja tatsächlich auch eine Welt die nannte sich ‚Bewerbung'. Die war vielleicht seltsam. Und! Schließlich fand es die Welt ‚Arbeit'. Diese war so ganz anders als alles zuvor. Es stand und schaute. Unsicher.

‚Und hier soll ich sein' grübelte es?

Aber, das Aber hat ja aber gesagt.

Diese Welt Arbeit lag tiefer. So tief, dass das Wesen nicht einfach hinein spazieren konnte. Sondern sich mit Mut und Schwung hinabbegeben musste. Und so stürzte sich das Wesen tapfer in die Arbeitswelt. Dort herrschte das Viele. Viele Zahlen. Viele Maschinen. Viele Wesen gefangen in Netzen, die werkten. Werke. Viele Werke und viel werken. Viel Geld. Viel Produktivität. Viel Lärm. Viel Schnelligkeit. Einfach viel Vieles. Vor allem viele, viele Aufgaben. Aber auch das Wenige herrschte. Nämlich dort, wo das Viele zu Ende war. Vor allem bei der Zeit. Davon gab es wenig. Und wenige Ressourcen. Wenig Geduld. Wenig Freude.

Und obendrein traf es dort auch auf das Muss. „Du musst" sagte dieses. „Und musst dieses. Und musst jenes."

Und Muss und Aber begleiteten es tagtäglich in der Welt der Arbeit. Sie summten unentwegt in seinem Kopf herum. Dort hatten sie sich nämlich festgesetzt: ‚muss, muss, muss, aber, aber, muss, muss, aber, aber …'.

Bis das Wesen von der Schönheit der anderen Welt nichts mehr sah. Na ja, fast nichts. Ab und an, wenn es mal aus dem Fester sah, flog ein Vöglein vorbei. Oder eine Biene brummte und setzte sich auf eine gelbe Blume. Manchmal auch lullten es die Tropfen des Regens ein, die sanft an die Fensterscheibe klopften um es in eine Traumwelt voller Farben und Gerüche zu entführen.

Aber das wurde immer seltener. So wurde das Wesen grau. Und traurig. Und gehetzt. Und leer. Und gefangen und getrieben wusste es nicht mehr, wie es eigentlich in diese Welt gekommen war. Warum es dort war. Wie es eigentlich außerhalb aussah und wie und ob es jemals dort wieder hinauskäme.

Als eines schönen Tages – immerhin befinden wir uns in einem Märchen – eine Feder aus dem Irgendwo daher geflogen kam. Und die Feder war nicht irgendeine Feder, sondern eine sprechende Weißtupfenfeder. ‚Komm in den tiefen schwarzen Wald‘ raunte sie. ‚Komm in den tiefen Bayerischen Wald, in den hintersten Zwieselwinkel. Dort gibt es einen großen Park. Und einen großen, knorrigen, alten Baum. Den seltenen, blassen Baum. Er soll, so munkelt man, noch an anderen Stellen in Deutschland gesichtet worden sein. Aber dort, in diesem Wald, dort steht er gewiss. Tief verwurzelt. Mit ausgebreiteten Ästen, die die anderen Bäume berühren, fast, als wollten sie sich miteinander verschlingen. Und hoch ragt er, so hoch als wolle er den Himmel berühren und zu sich holen. Hinab in den hintersten Zwieselwinkel. Komm und setze Dich zu ihm und lausche, was seine Blätter im Wind zu erzählen wissen. Komm. Komm doch‘ schwebte die Feder in das Wesen.

Im Nachhall der federleicht gewisperten Worte erinnerte es sich an andere, uralte Zeiten. Und diese hauchzarte Botschaft erweckte eine tiefe Sehnsucht in dem Wesen, sodass es beschloss, einfach fortzugehen, in diesen Wald zu ziehen und Park und Baum zu suchen. Und sich unter diesen zu setzen. Und seinen Blättern zu lauschen.

Dort angekommen, traf es auf andere Wesen und gemeinsam setzten sie sich in einem Kreis um den Baum. Und der entführte sie mit sanftem Blätterrascheln in die Welt der Wahrnehmung. Die Welt der Einfachheit und Ganzheit. Sie lernten, dass sie blind waren, aber auch blind gut durch die andere Welt kommen konnten.

Und sie lernten ihre Hände neu kennen. Um mit ihnen einen Schutz zu bauen. Oder Wärme zu erzeugen. Und allerlei gute Dinge zu fertigen.

Und sie lernten zu riechen und zu schmecken. Sie schmeckten auch die kleinen Dinge. Die kleinen grünen Energiespender. Die kleinen Sonnen und Sterne des Bodens. Und rochen seine bunten Tupfer. Sie waren hier und da und dort. Und überall. Und es tat sich eine neue Welt auf.

Und sie lernten zu hören. Und hörten wie es in den Buchen finkte und Spechte anklopften und Vögelchen sangen, bis ihre Kehlen rot wurden. Und hörten es in den Tannen meisen. Und einen kleinen König in den Wipfeln schmettern. Das war seltsam, eigentlich hätte er auf einem Zaun sitzen sollen. Und noch mehr seltsames: Vögel, die miauten, quakten und keckerten. Und es tat sich eine völlig neue Welt auf.

Und sie lernten zu spüren und zu lauschen. Denn der Baum schickte sie, andere Bäume zu finden. Und diese zu fragen und zu lauschen und zu spüren, was sie denn wohl zu sagen hätten. Und wieder tat sich eine neue, ganz andere Welt auf.

Und sie lernten zu sehen. Denn die Blätter erzählten von den anderen Bewohnern dieser Welt. Welche Eindrücke sie machen und welche Abdrücke sie hinterlassen. Und sie sahen sie und sie spürten diesen nach. Und wieder tat sich eine neue Welt auf. Oder war es die gleiche? Nur anders durch die veränderte Wahrnehmung?

Und sie sahen und spürten die Verbindung. Zwischen allem und zu allem. Und sahen die Welt ganz - ganzheitlich. Und sie fassten sich an den Händen, saßen im Kreis, lauschten den Blättern und fühlten sich ebenfalls ganz. Und verbunden. Und als der leise Wind sich legte, nichts mehr raschelte und Stille eintrat, verließen sie den großen alten Baum - mit Wehmut im Herzen - aber auch erfüllt von der Tiefe und beseelt von dem Klang der Welt.

Und so zog das Wesen wieder los, um erneut durch die Welt zu stromern – glücklich und  im Einklang.

Eigentlich wäre jetzt hier die Stelle, wo das Wesen nachdachte, wie es all die anderen Welten miteinander verknüpfen und vereinbaren könnte. Aber wir sind ja in einem Märchen, daher lassen wir das Wesen einfach zufrieden, glücklich und staunend durch die Welt ziehen.

Und das Aber lassen wir weg.

Und so wandert es noch heute.

# Das Und

Es war einmal ein kleines Un.

Dieses gehörte zu der Familie derer von Un's, die unglaublich groß war. Alle hatten unfassbar schöne Attribute, nur das kleine Un, das stand da nur für sich, alleine da. Es beneidete das Unverzagt, das Unverdrossen, das Untadelig und all die anderen Un's aus tiefsten Herzen. Ihm war gar unbehaglich zumute, weil es so alleine war.

Es lief also einsam durch die Welt und fühlte sich unwohl.

Eines schönen Tages jedoch traf es auf ein D.

Auch das D war unzufrieden. Stand es doch ebenfalls alleine und ohne weitere Bedeutung da. Und nicht nur das, in manchen Regionen wurde es gar gefragt, ob es ein hartes oder ein weiches D sei. Das war hart, obschon es ja ein weiches D war.

Die beiden kamen ins Gespräch, über dies und das und kamen schließlich darauf, dass sie sich nicht gut fühlten. Und sie überlegten, ob es etwas nützen würde, wenn sie sich zusammen täten. Ob sie so mehr Gewicht bekämen? Vielleicht wären sie als ein ‚Dun‘ bedeutsamer? Oder doch lieber ein ‚UnD‘?

Letzteres gefiel den beiden ganz gut, denn es hatte so etwas Verbindendes. Mit dem ‚UnD' könne man wunderbar Aufzählungen machen, fanden sie. Man könne etwas ausklingen lassen, und und und.

So also beschloss das D, sich dem Un anzuhängen und mit ihm gemeinsam als ‚UnD' durch das Leben zu ziehen.

Schon waren beide besser gelaunt und fröhlich und machten sich unverzagt auf den Weg.

Wie sie so unbekümmert dahinzogen, kamen sie in einen schönen Park. Und sahen unter einem großen, ausladenden Baum ein Wesen sitzen, welches in ein Buch schrieb. Das ‚UnD' fragte, was es denn da so schriebe. Und bekam zur Antwort „fantasievolles Fabulöses". Das klang interessant und geheimnisvoll. Und gefiel dem ‚UnD' unwahrscheinlich gut. Das ‚UnD' las die Geschichten und fand sie unnachahmlich.

Kurz nachgedacht und zum ‚und' transformiert, hüpfte es unverzagt mitten in die Erzählungen und breitete sich dort aus.

So dass es in jedem Kapitel oft vorkam - möglichst gleich am Satzanfang, um dem Satz eine besondere Bedeutung zu geben. Und auch inmitten des Satzes. Und am Ende. Und überhaupt.

So also kam das ‚und' hier herein.

# Mutter Erde und der liebe Gott.

Eines Tages saßen Mutter Erde und der liebe Gott genüsslich bei einer Tasse Kaffee im Garten Eden.

Sie diskutierten über dieses und jenes und über die Schöpfung und allgemein. Es gab so einen kleinen - eine Art von - Wettstreit in Worten darum, wer denn was erschaffen und geschöpft hatte. Der liebe Gott erhob den Anspruch auf die Schöpfung, die Menschen, die Tiere die Pflanzen. Mutter Erde wiederum sagte „nein, nein, das war ich, das war die Evolution, das kam alles von mir."

So richtig einig waren sich die beiden nicht, aber das tat ihrer Freundschaft keinen Abbruch.

Und so schauten sie mit freundlichen Augen gefällig auf die Welt, die geschaffen hat - wer auch immer.

„Nur", sagte Mutter Erde zu dem lieben Gott, „Deine Kinder" - jetzt waren es plötzlich seine Kinder – „Deine Kinder, die Menschen, die vermissen irgendwie die Vernunft und auch das Erb-Gedächtnis. Die Geschichte wiederholt sich ja ständig. Wie kann das sein?", fragte sie ihn, „hattest du denn bei der Verteilung der Gaben Vernunft und das notwendige lange Gedächtnis nicht mitgegeben?" Der liebe Gott wurde ein kleines bisschen rot „in der Tat, als ich die Gaben ausgegeben hatte, habe ich die Vernunft und das

Gedächtnis irgendwie, wie soll ich das sagen, vielleicht ein bisschen zu kurz vermessen. Wohl möglich gar ganz vergessen?"

Und die beiden schauten etwas betrübt, der liebe Gott gar betreten, in die Welt hinein. Was sie da sahen, sah nicht so schön aus. Merkwürdig. Sie hatten doch erst gestern geschaut, da sah das alles noch ganz anders aus.

„Na ja", erwiderte der liebe Gott, „ Deine Evolution hat sich da auch nicht gerade formvollendet". Auch er konnte dieses Spiel spielen.

„Ach Du lieber Gott" lächelte Mutter Erde ihn an und hakte sich bei ihm ein. So standen die beiden und schauten und überlegten und schauten und grübelten.

Was tun?

Der liebe Gott hub an „vielleicht können wir etwas nachbessern? Im Prinzip habe ich ja jedem jede Anlage mitgegeben, es muss nur hie und da etwas gefeilt werden".

Und er griff in seinen Werkzeugkasten und holte eine große Feile heraus und fing an, ein bisschen an den Menschen herumzufeilen. Hiervon etwas weg, davon etwas stärker herausgearbeitet. So nach und nach sah das Ganze schon besser aus.

Dann griff er in seinen Gabensack und holte das Erbgedächtnis heraus und streute dieses aus.

Und Mutter Erde säte Vernunft aus.

Und schickte ein Unding auf die Erde, das dingte alle Un-weg. Wie ein kleiner Marienkäfer die Läuse frisst, so dingte sich das Unding durch die Un-. Ein schwerer Job, denn es gab unglaublich viel davon, ja geradezu eine Unmenge an Un-.

Es versteht sich von selbst, dass es nicht alle Un-  dingen konnte, aber als es fertig war, gab es eine Menge mehr an Achtsamkeit, Aufrichtigkeit, Anständigkeit, Einsichtigkeit, Fähigkeit, Glaube, Treue, Vernunft, Verstand, Wetter und Zufriedenheit. Und viele andere gute Dinge – ohne Un.

Manchmal war das Unding aber auch etwas übereifrig, z. B. beim Unbequem, zu bequem sollte das ja auch nicht alles werden oder bei der Unendlichkeit, der Unfehlbarkeit, dem Unverzagt oder bei der Unterhose.

Prekär wurde es gar bei der Unfallverhütung. Aber Fälle ver-hüten, war ja auch nicht schlecht. Solange es nicht Einfälle betraf oder gar den casus knacksus, solange war alles gut.

„Ist nicht so schlimm", sagte der liebe Gott – seine große Feile in der Hand haltend,  „wo gehobelt wird, da fallen Späne."

Und so schauten die Beiden – nach getanem Tagwerk – wie-der herunter auf die Welt.

„Da sind noch ein paar Extreme" fand Mutter Erde „vielleicht sollten wir diese mäßigen?".

Und tatsächlich, da hatte die Gauß'sche Normalverteilung bei jeder Eigenschaft, die es in genügend großer Menge gab, zugeschlagen. So kam z. B. auf jeden Superguten ein Superböser und sehr viel in der Mitte.

Also kappten Mutter Erde und der liebe Gott die Extrempositionen. Das hatte ein paar nette Nebeneffekte, so z. B. gab es keine Rechtsextremen und auch keine Linksextremen mehr. Durch Wegfall der extrem Reichen, gab es keine extrem Armen mehr – hier hatte sich die Normalverteilung tatsächlich etwas verschoben, sodass bei den Reichen weniger waren, die Kurve steiler anstieg und dafür bei den Ärmeren niemand mehr so arm war, dass er verhungern musste.

Leider gab es auch keine Mütter Theresa mehr – von denen hätte die Welt wahrlich noch ein paar vertragen können – aber dafür fielen auch die Soziopathen weg. Auch fehlten nun die Einsteine dieser Welt. Der Konterpart dazu – die Hohlköpfe – fehlte nicht wirklich. So hatte sich alles relativiert.

Es war schon äußerst bedauerlich, dass somit die besonders Guten, die Ausgezeichneten, wegfielen. Denn diese hatten die Menschheit deutlich verbessert und weiterentwickelt. Aber sie konnten gar nicht genug Gutes tun, um den Schaden, den die Ausschläge – die zudem wie Krebsgeschwüre wucherten – am anderen Ende der Skala anrichteten, ausgleichen zu können.

Am Abend also waren die Menschen vernünftiger und mäßiger geworden und konnten endlich aus der Geschichte lernen.

Mutter Erde und der liebe Gott waren fürs Erste zufrieden und setzen sich unter den Apfelbaum, die Schlange zu Füßen – die sich ob der Wärme, die die Beiden abgaben, freute – und tranken ein leckeres Gläschen Apfelsaft mit Holunderblüten.


(Und immer noch können wir auf das gespannt sein, was sich Mutter Erde ausgedacht hat und in spätestens 10.000 Jahren, allerhöchstens 20.000 Jahren, wirksam werden wird. Aber gut Ding will ja bekanntlich Weile haben).

# Der Punkt

Es war einmal ein Punkt, ohne Komma. Es war ein Punkt in der Landschaft oder genaugenommen, mitten auf dem Blatt.

Früher, als er ein kleines Pünktchen war und mit Anton ging, die Welt zu erkunden, da war alles bunter und farbiger. Und damals, zusammen mit dem –lich, war er immer auf den Punkt genau da.

Jetzt, da er so alleine auf dem Blatt saß, langweilte er sich und suchte nach Möglichkeiten, sich selber anders darzustellen. Er hüpfte auf ein i, er setzte sich unter einen | um etwas mehr Bedeutung zu bekommen!

Er hängte sich an eine Gerade, da er gehört hatte, dass eine Gerade die kürzeste Verbindung zwischen zwei Punkten sei.

Und siehe da, am anderen Ende der Geraden, saß ein weiterer Punkt.

Zusammen ärgerten sie die Gerade. Wenn sie doch die kürzeste Verbindung sei, dachten sich die beiden, was dann, wenn die beiden Punkte an den beiden Polen sitzen würden? Gesagt, getan, die beiden Punkte flogen zu den Polen und die Gerade reckte und streckte sich und es blieb ihr am Ende nichts anderes übrig, als sich zu verbiegen. So wurde die Gerade zum Bogen und war somit – zu mindestens überirdisch – die kürzeste Verbindung.

Aber das mochte die Gerade nicht und bohrte sich direkt und geradewegs durch den Erdkern, um wieder als Gerade, den kürzesten Weg darzustellen. Geradewegs.

Die beiden Punkte sannen auf anderes.

Zusammen als : stellten sie sich vor Aufzählungen.

Als Punkte auf den Vokalen, veränderten sie Aussprache und auch manches Mal die Bedeutung.

Mit  . . , - zauberten sie ein Mondgesicht und noch mehr.

Bis eines schönen Tages einer der beiden Punkte vom Blatt fiel. Direkt auf eine Karte. Und zu einer Koordinate wurde.

Jetzt war der Punkt wieder allein und sagte zu sich: ‚Jetzt ist Schluss' und wandelte sich zum guten Schluss zum Schluss-punkt.

Und somit war Schluss und aus.

FSC
www.fsc.org

MIX
Papier | Fördert
gute Waldnutzung

FSC® C083411

Zeitfracht Medien GmbH
Ferdinand-Jühlke-Straße 7
99095 Erfurt, Deutschland
produktsicherheit@kolibri360.de